褐马鸡和他的邻居们

大山观鸟笔记

BIRD NOTES OF DA SHAN

大山 著

江苏凤凰文艺出版社
JIANGSU PHOENIX LITERATURE AND ART PUBLISHING, LTD

图书在版编目（CIP）数据

褐马鸡和他的邻居们：大山观鸟笔记 / 大山著. —
南京：江苏凤凰文艺出版社，2018.9
ISBN 978-7-5594-2645-1

Ⅰ. ①褐… Ⅱ. ①大… Ⅲ. ①散文集—中国—当代
Ⅳ. ①I267

中国版本图书馆 CIP 数据核字(2018)第 173280 号

书　　名	褐马鸡和他的邻居们：大山观鸟笔记
著　　者	大　山
责任编辑	孙建兵
出版发行	江苏凤凰文艺出版社
出版社地址	南京市中央路 165 号，邮编：210009
出版社网址	http://www.jswenyi.com
印　　刷	南京精艺印刷有限公司
开　　本	880×1230 毫米 1/32
印　　张	7.625
字　　数	178 千字
版　　次	2018 年 9 月第 1 版　2018 年 9 月第 1 次印刷
标准书号	ISBN 978-7-5594-2645-1
定　　价	55.00 元

目 录

CONTENTS

1

褐马鸡和他的邻居

这是吕梁山余脉的一处山谷，山谷不深，因有玄中寺的晨钟暮鼓烘托更显幽静。每每凌晨，这里的太阳总是被褐马鸡的咕咕声唤醒，在幽静的山谷中回荡而悠扬。有寺，有善心，持之以恒的投食善待终于让我们可以看到和谐的一幕，也终于可以与褐马鸡近距离相伴。褐马鸡不容置疑是这个山谷的主宰，每次的出现都会以高亢嘹亮的歌声激荡山谷，似出征的军号在山壁间不断地冲撞,不多时,随着声音越来越急促,翅膀与空气的呼啸声响起。他们大多数时间会选择这样从天而降的方式隆重出场。落地后他们从容地整理好略显凌乱的羽毛，高昂着头向邻居们注目后再优雅地迈步觅食。如果是雪后，他们会待很久才离去，有时会一整天都在这里。或在树下闭目养神，或在林间嬉戏打闹，又或在略高的岩石上振翅高鸣，但无论是怎样的形态都展现着一副优雅高贵的姿态，这也许正是他的迷人所在。

褐马鸡，中国特有类珍禽，山西省省鸟。其外形靓丽，凸显气质高贵典雅。到了近代，由于褐马鸡的羽毛作为装饰品在欧洲市场上的高昂价格，更使它成为乱捕滥猎的对象。褐马鸡正是因为这些原因总是被人们窥视及捕杀，一定也在其遗传基因里刻就了对人类的恐惧。所以接近它也就成了一件奢侈的事情。初见褐马鸡，经历坎坷至极——大雪封山，蹒跚其中，失足滚坡，一条小命险丧失山间。几番寻觅，大多也只是偶尔见其虚影而不能真切一睹芳容。

走进这条山谷，也就是踏入了一个鸟类的温馨小世界，他们虽然偶尔会有争斗但还是和谐地啼鸣在这份幽静之中。随着四季的更替，褐马鸡的邻居们也轮番出演。我走进山谷，是从

冬季开始的，那时有更多的鸟儿因为觅食的原因而来到海拔相对较低的此处。相伴最久的是红嘴蓝鹊和山噪鹛，他们也是这里的土著居民，四季常在，求偶、繁殖于此。红嘴蓝鹊总是站在高高的树梢，对于我的到访总是第一个亮起歌喉发出警示的声音，充当着山谷的哨兵。一路伴我而行并且观察着我的行为举止，直到确定我对他们没有伤害之意，他才会展翅飞落在高处，展示着自己善于学舌的技能，发出多种叫声和哨声。红嘴蓝鹊是大自然杰出的造物，雪地与蓝天赋予他蓝色的背和白色的胸。他掠过蓝谷的飞翔美得让人惊叹，仿佛惊鸿舞一般，唤醒了山谷的冬眠。他总是不厌疲倦地掠过，冲破阳光与树荫的斑驳，用自己身体与灵魂的巧妙配合，造就一个无可挑剔的舞者形态，像箭一样瞬间穿透骨骼直达心灵，温柔而又长久地镌刻在心灵的橱窗上，感动着山谷所有的生物，直到我在盈眶的热泪中，也会感觉甜蜜。

在红嘴蓝鹊的欣赏者中，山噪鹛算是最忠实的观众了。他除了忙碌地觅食外，总是穿梭于低矮的灌木丛中，仿佛躲避着所有的邻居。对于红嘴蓝鹊的惊鸿之舞也是偷偷地欣赏，唯独可以与褐马鸡亲近一些。当褐马鸡在地面觅食，他总是相伴左右，不时地啄食着一些东西。当阳光洒满冬日的山谷，山

噪鹛总有那么一会在树枝上跳上跳下，振翅展尾，展示自己作为鸣禽的天性。他的鸣叫声变化着多种旋律，富于音韵而动听。不得不说，这个山谷的歌唱家是非他莫属的。也只有他的鸣啼在红嘴蓝鹊舞动时才是最好的配乐，虽然煤山雀与褐头山雀的鸣叫也是不可或缺的，但相对于他的多变与婉转还是逊色了许多。

山谷在冬日是蓝色的，间或有一丛丛的淡黄色蒿草点缀其间。而喜欢在这些蒿草中跳动的就一定是长尾雀了，丰满的冬羽让他看起来是那么的憨态可掬，而雄鸟的那一枚红色点燃了这个冷色的山谷，让你的视线不得不注意到他的灵动。他应该是在遥远的天山过冬的，但我却连续几个冬日都看到他的存在。也许是气候的变化留住了他，也许是这里邻居们的热情挽留了他，又或是这里的幽静使他不忍离去吧！当我第一次走进这个山谷，除了最吸引我的褐马鸡，那就是他了。也许是缘分，他总是特别的亲切，而他

也宽容着我的靠近，极力在镜头前展示着他所有的魅力。无论是在蒿草间的舞动还是在雪后嫩枝上的停留都让他在其众多的邻居中特别令人瞩目。每次相见，他总会以特有的三颤音温柔地问候，而我们的额外亲近也会惹得煤山雀有些妒忌，不时飞到我的头顶发出洪亮的“zi-zi-zi”声来显示他的存在。

煤山雀和褐头山雀这一对近亲也是褐马鸡的邻居，他们生活在山谷的中上地段，常在树枝间穿梭跳跃，或从一棵树飞到另一棵树上，一副难以安静的样子。他们性格活泼而大胆，不甚顾虑我的存在。整个冬日都会看到他们忙碌的身影，山谷的温暖会让他们流连忘返。因其活泼的个性，想要捕捉清晰的影像还是有些难度。但这对近亲有一个共同的性格，就是领地意识十分强势，尤其是在繁殖期间。一旦领地中出现同类的叫声，他就会极力寻找声音的来源，站在声源附近的高枝顶端，响亮地亮出歌喉。仿佛是在赛歌的擂台，

不遗余力地鸣叫，这时他才可以较稳定地停留在镜头中。最喜欢煤山雀因极力鸣叫而竖起头顶的羽冠，一副卫士的姿态，有些庄严，有些滑稽。

对于声音同样敏感的还有星鸦，星鸦属鸦科，是海拔千米以上寒温带森林的代表物种，他喜欢在松林的高寒湿冷中一边鸣叫，一边飞跃在树梢的顶端，显示着生命的活力。“嘎——嘎——嘎——”的歌声是他飞行的伴奏。他的歌声单一、明快，犹如民歌一般直抒胸臆，简单直接，毫不掩饰地宣泄着爱恨情仇。对于我的靠近，他总是先发出充满敌意的“问候”，短促而激烈地警告着整个山林。而我执意留下来时，他总会不久便容忍了我的存在，继续他爱的呢喃或对爱情的向往之歌。

我仔细观察他的行为，似乎更能明白什么是简单的生活，纯粹的幸福。他在郁郁葱葱的林中穿越，飞翔的翅膀灵巧而稳重，颇具绅士的风范。他对于我放出的声媒，表现出了超乎寻常的关注。每次总是不厌其烦地努力寻找，这也可以看出他领地意识的强烈。我不知道声媒发出的是怎样的呼唤，是否是一种爱的倾诉，又或是一种敌意的挑衅。但是他每次都会来寻觅这种声音的存在。有时会有好几只都来，落在高低不同的树梢放声而歌，同时还会惹来其他鸟类的共鸣。犹如一场山林音乐会。

在这样的歌声中走进林子，俗世间的一切喧嚣、烦忧、欲望、辛劳，刹那间被一种充满魔力的无形之手抹去，儿时最本真的好奇与欢欣重回心中。看星鸦在树梢努力地伸展、飞跃、飘落，偶尔会停歇了歌唱，用尖嘴叼住松塔一角甩头撕扯，伸平翅膀保持平衡，奋力拔取松塔中的松子。鸦科类的聪明在此表现得淋漓尽致，他总是可以尽可能地用最简单的方法来获取食物。我沉浸在这样的观看中久久不愿离去，并继续向上攀爬，从高处欣赏他会有更多的欣喜，看他不断扇动宽大双翼，在空中演绎身体的极限变化，那些姿态有时会是古怪而别扭的，像极了深陷痴迷幻觉的癫狂，非狂扭乱舞不可解脱。每当这时，我总是可以看到煤山雀，甚至是强势的红嘴蓝鹊都停止了歌唱与行动，与我一样迷恋欣赏着星鸦这样忘我的形态。

据资料记载：在每年松子成熟的季节，星鸦便开始搜寻、贮藏松子。它们通常一次啄取三十至五十粒松子储存在舌下软囊里，然后在 2 至 5 平方公里的领地内埋藏松子，埋进 2.5 至 3.5 厘米深的土坑。它每天至少飞行搬运十次， 埋藏松子四百余粒。贮藏松子的地方大致有八种——地下浅坑、苔藓层下、树皮夹层、倒木缝隙、树桩腐心、树根浅隙、石头下面或孔洞中。如果冬天积雪深厚，它便取食贮存在树皮夹层、树桩腐心和倒木缝隙中的松子充饥。而且，它能预知冬季降雪量多少，据此调整地下和地上不同贮存点的相对数量。每只星鸦在一个贮存季至少贮藏一万六千粒松子，整个冬季食用五千粒。剩下一万一千粒全部留在贮藏地，或被其他啮齿动物和虫类食用，或被真菌侵蚀成为它们的营养基，或生根发芽长出小树苗。星鸦对原始针叶林的更新有着重要作用，也是红松林天然更新的唯一手段。

山谷里还有着星鸦的近亲松鸦的存在。相比星鸦来说松鸦像一位温婉的少妇，黑、白、蓝三色相间的横斑，极为醒目。由于和星鸦的亲戚关系，他们大部分习性都是相同的。但不一样的是他没有星鸦那样张扬，更多的时候是躲在深闺不见人，也只有在冬季才会来到低处，比如像这处山谷。他羞涩地窥视着寺院为褐马鸡撒出的玉米粒，在人们不注意的瞬间忽然飞来将一颗颗玉米粒啄入嘴中，藏在软囊里。每次都是极力地吞入更多，不免会出现吞入一颗又掉出两颗的尴尬。他警惕地注视着寺院的人们，略有动静便迅捷飞去，甚至是邻居们的一声啼鸣也会让他急急离开。我总是小心翼翼地关注他，大多数时候需要在伪装帐篷里才可以卸去他的警惕。

松鸦还是很聪敏的鸟类，有“带羽毛的猩猩”的美誉，英国动物学家莉斯·波恩尼曾经做过一个实验，在一个有水的杯子里放置松鸦喜欢吃的虫子，旁边放了一堆石头和一堆木块，当松鸦尝试过石头和木块丢入水中的效果后，可以及时地判断出石头的作用，然后利用石头来吃到美味的食物。这一实验可以让我们认识到，他的智慧可以判断工具的作用并从错误中汲取教训来达到自己的目的。这相当于人类七岁时的智力。松鸦甚至还会学舌说话。这也是很多鸦属类的共同特性吧。

随着鸟儿们一声声呼唤，山谷的春天仿佛一夜就来临。一夜春风，树上便多了摇曳的绿芽，褐马鸡这段时间来得少了一些。而每次过来饱餐后更多的是忙于爱情争夺战，从地上打到树上，再从树上斗回地下，扰得邻居们也不得安宁。褐马鸡的习性中对于配偶权的争夺是一场不死不休的战斗，雄性在腿上比雌性多长了一个锋利的脚趾，这也是他战斗中最主要的武器，每每战斗开始，他们总是利用这把锋利的“刀”来割伤对手，甚至割断对方的喉咙。一场残酷的竞争就这样周而复始地上演着，而这一切都是为了更优质基因的遗传。在他们战斗打响的时候，其他邻居们都退避远离，仿佛不愿目睹那血腥的场面。只有枝头的大山雀偶尔发出的尖锐叫声仿佛是战斗的号角。

大山雀也是邻居们中间比较好斗的一员。他以胆大著名，甚至可以不惧怕人类。他在整个冬季都在忙碌着寻找食物，仿佛总是吃不饱的样子。可就是这么一位贪吃的，而且还是以肉食为主的家伙，当爱情来临时，却可以为了与爱人一刻都不分离，而宁可选择放弃食物。据有关资料记载：“2015 年，来自牛津大学的约书亚·弗斯（Joshua.A.Firth）及其团队发现，当面临食物和‘爱情’的选择时，大山雀更甘愿选择和情侣厮守在一起，而暂时放弃寻

食。”在这项研讨中，弗斯和同事选取了大山雀作为研讨对象。他决议引入一种“破坏”机制——强迫它们在爱情和食物之间做出抉择。经过对大山雀的行为中止记载，弗斯发现有60%都是“矛盾型”情侣雀所贡献的。“‘这一结果意味着，大山雀结为情侣的行为影响了它们的寻食选择，它们会为了在一起而放弃获取食物，从进化角度上看，这似乎并不是最优选择。’弗斯说，‘它们的确很珍惜彼此接近的机遇，在某种水平上以致超越了食物’。”

“衣带渐宽终不悔，为伊消得人憔悴。”在面对爱情和食物的抉择时，大山雀们在冰冷的冬天依然选择了爱情。想必在寒风中相濡以沫，彼此扶持，等候春暖花开，这便是大山雀最美的缠绵，否则千山暮雪，又只影向谁去?

褐马鸡的战斗与大山雀的恩爱依旧在春风中延续着，褐马鸡在战斗结束后便成双而去，暂时离开谷地，向海拔更高的隐秘地方过着二人世界。而在山谷的最低处，有泉水潺潺的地方，因为春天的来临，山谷里最不常见的居民也走出了最隐秘的藏身之地，他就是白冠燕尾。听名字就可以想象到他的绅士风度，而他的装束的确绅士，通体黑白相杂，额和头顶前部白色，其余黑色；腰和腹白色，两翅黑褐色具白色翅斑；尾黑色而具白色端斑。由于尾羽长短不一，中央最短，往外依次变长，因而使整个尾部呈黑白相间状，极为醒目。他多在潺潺小溪边的石头上玉立，身姿挺拔。仿佛一位翘首佳人的情人。他飞行时多沿水面低空飞行并发出“吱吱吱”的尖叫声，每次飞行距离不远，唯恐让人欣赏到太多一般。我极力隐藏着自己的行迹企图再靠

近拍摄，但屡次都以失败告终。他实在是太谨慎了，我的一个细微动作都会让他飞离。无奈，我只好再次爬上湿滑的崖壁，把伪装帐篷背到谷底。终于，我依赖这样的伪装让他忽略了我的存在。欢快地在帐篷周围的石头上跳跃着，一开始他还对快门声音有些顾虑，但随着时间的延长慢慢也就习惯了。整整一天，我迷恋着他的灵动，也享受着谷底的幽静。仿佛这个世界只剩下了我们四目相对，只剩下了潺潺水声与他不时发出的歌声。这样的醇美，宁静，也正好可以为我洗去疲惫。

日转西边，由于是谷底的原因，光线早早就暗了下来，我只好放弃了这醉心的享受。经过两三次的搬运，我又回到了褐马鸡主要活动的平台，但放眼寻觅，只有余晖映照下的树枝和随微风摇曳的蒿草陪伴。鸟儿们一向是早起早睡的，正如这里的僧人一般，他们都遵循着日出而作、日落而息的自然规律，与山外的繁华世界形成了极大的反差。人生是没有必须的，无论怎样的生存形式，各取所需就好。

对于拍鸟的人来说，期待一场雪是整个冬日最大的愿望了。一场雪，对于我来说就是一场盛大的节日，无论是从审美的角度苛求鸟儿与环境的吻合，还是鸟儿们因为食物的原因更多地聚集在这略微温暖的山谷。几年的守候，终究会如愿的。虽然这场雪飘洒在这初春的季节，我还是兴奋得一夜未眠。一大早就驱车而来，雪后的山路多了几分惊险，但是内心的炙热可以融化一切的阻隔。离山谷还有两公里的一个弯道坡度有些大，几次尝试都不能通过。于是，我便弃车而行走在了蜿蜒的山路。也正是这样的际遇，一种特殊的叫声让我与棕眉山岩鹨有了结识的机会。清脆的“seereesee”或“si-si-si-si”声在清晨幽静的山谷是那般地突出，移动着望远镜我终于找到了他蹲在灌木枝头的身影。这样的机会对于习惯藏隐于森林及灌丛林下植被的他来说算是难得的炫耀了，也许是被我的来临有所惊动的缘故吧。他容忍着我的注视及靠近。在这雪后的清新中我们四目直对，当然我的镜头也绝不会错过如此的机会。想着谷内平台上褐马鸡在雪中的优雅，望着眼前挽留的眼神，我还是犹豫了几番。这真的是一次偶遇，正如人生路上无数次的擦肩而过，有缘就当珍惜。差不多近一个小时的相伴，我记录下了这次相遇。其实，在拍摄鸟类的过程中，有很多类似的镜头。我们不要懊

恼鸟儿们的匆匆离去，应该坚信在不远的前方，一定有一只与你有缘的他在等候欣赏。

雪后的山谷整洁了许多，期待中的褐马鸡已经早早来到。幽蓝的山壁，挂雪的褐色树枝，洁白的地面。褐马鸡在这样的环境中依然挺立着骄傲的身姿。这幅近乎完美的画面让我握着相机的手开始颤抖。雪依然在飘着，虽然不大，但恰到好处。我仰面向天，去迎接着雪花的降临，点点滴滴融化在脸颊便似激动的泪了。褐马鸡、长尾雀、大山雀、红嘴蓝鹊、山噪鹛，甚至还有岩松鼠。我知道他们并不一定如我喜欢这雪的来临，但是他们依旧点缀着这处景致，各自啼鸣，共同演绎一台立体的舞美交响音乐会。

今年的春随着雪的打扰，好像缩短了身影。夏的影子便接踵而来。邻居们也因季节的变化而变化着，松鸦、煤山雀、褐头山雀、大山雀、长尾雀、白冠燕尾、棕眉山岩鹨都迁徙到了海拔更高的山林。只有星鸦还偶尔停留在高高的松树顶端巡视一下山谷的状况。夏日的山谷只有山噪鹛、红嘴蓝鹊依旧陪伴着褐马鸡。其实褐马鸡也来得少了，但是因为他们带着新生的孩子，寺庙的投食方便育雏，所以依然会隔几日来走动觅食。这时的褐马鸡由于育雏的辛劳和夏羽的更换是不适合出镜的。

无论雌雄都显得那么慵懒与不修边幅。而那些毛茸茸的幼年褐马鸡却很值得镜头的关注，他们新生的羽毛在逆光的映照下，更显可爱。绿意背景下，褐马鸡的天伦之乐更显温馨。

褐马鸡的巢都藏在密林下或灌木丛间，巢内略铺一些干草枯叶，即由雌鸟偎窝产卵，而雄鸟担任警戒，游走于巢穴附近，时刻警戒着天敌的入侵。褐马鸡一次产卵 4 至 17 枚，最多可达 19 枚，卵壳呈灰褐色。5 月，其卵开始孵化，孵化期 26 天左右。6 月，雏鸟出壳，由成鸟寻食哺育，幼鸟出壳是比较丑的，但仅仅需要几个小时，他们便出落得楚楚动人，最多需要一天，便在成鸟带领下离巢活动，避暑，换羽。8 月，幼鸟能独立觅食。这时家庭之间开始混合成群，由高处地段逐渐转移到低处生息。9 月，幼鸟基本长成，活动能力增强，游荡范围扩大，随之群体数量也逐渐增多，且多群居。褐马鸡在整个育雏期间对于邻居中的红嘴蓝鹊十分警惕，他在褐马鸡所有的邻居中是唯一不和谐的一位。红嘴蓝鹊是鸦族的近亲，有着鸦族的聪慧与狡诈，善于运用群体的力量对抗强大于他的种类。有时还会凶悍地侵入其他鸟类的巢内，残食幼雏和鸟卵。就 2012 年观察到的褐马鸡育雏情况而言，最初有二十只小褐马鸡成功离巢，但仅仅半个月之后，却只剩下了一只。其他的小生命竟然大多被红嘴蓝鹊残害。

每年的 3 月至 5 月是红嘴蓝鹊的繁殖期，在此期间，亲鸟护巢意识极强，性情十分凶悍，人若接近其巢区，则啼叫飞舞不止。有几次我无意接近，他恶叫着直冲过来，情形恐怖。我也只好避让而逃。他们的巢大多就在山谷的树木侧枝上筑就，巢呈碗状，通常外层为粗的枯草、藤条、细树根等材料，内垫以细草茎和须根为主。每窝产卵3至6枚。卵为椭圆形，土黄色、淡褐色或绿褐色。雌雄亲鸟轮流孵卵。育雏期的红嘴蓝鹊高度警惕、暴躁。他还会将邻居们的巢作为攻击的对象，入侵残食。我不知道这一行为是为了更容易获取食物还是减少领地内未来的食物竞争。

褐马鸡和邻居们的故事在我几年的观察中大致就是这样的状况了。我们可以如此简单从容地近距离欣赏这些美丽的精灵，一定要感谢佛祖的弟子们。正是他们秉承着佛的大善、大爱，包容着万物，庇佑着这些美丽的精灵，用一种持之以恒的善意化解了千百年来褐马鸡与人类之间的仇恨。马鸡一共有四种，分布于各大高原，共同之处却都是只在当地的寺庙里可以与之近距离接触。比如西藏的雄色寺与藏马鸡，川西蚌普寺的白马鸡，这一切都是大自然绝好的安排吧。

站在高处，当黄昏的肃静笼罩山谷，我虔诚地合上双手，寺庙的暮鼓刚好响起，远处褐马鸡的低吟也悠然传来。他们的“合奏”仿佛世间最美的交响曲，令我感受到了宁静，若此刻可以永久地停顿，那我是可以微笑着睡去了。

2

画意湿地

山西地处黄土高原，湿地资源相对枯竭。就拍摄观察鸟类而言，湿地是不可或缺之地，鸟儿们喜欢湿地提供的安全以及食物丰富的环境。几年来我在这里观察到了近百种鸟类，聆听着他们的歌唱。我选择了 15 种鸟类作为湿地鸟类的代表，与他们朝夕相伴，倾听着他们在湿地的欢笑与热闹。

每年的冬季是湿地最热闹的季节，严寒也会把湿地边缘冻结，有利于行车观察与拍摄。在拍摄鸟类的所有伪装中汽车算是很好的工具，机动性与伪装性兼顾。每年的冬季我总是会驱车巡游湿地，寻找着那些熟知的与未知的精灵。黄河湿地是我的首选，冬日的天亮得很晚，但为了配合鸟儿的节奏我们仍然需要在凌晨 4 点便出发。当天边最后一颗星退去的时候，我们的车已经在湿地里游荡了。太阳还没有升起，但灰鹤的歌声已然响起。这个季节的灰鹤是集群活动的，有的群会有几十乃至上百只的灰鹤。他们是一种大型涉禽，体长 100 至 120 厘米，在一望无际的湿地总是显得突出。但是接近还是有一定的挑战，因为他们在活动和觅食时会派出一只或者几只鹤担任警戒任务，不时地伸长脖颈注视四周动静，一旦发现危险，立刻长鸣一声，并振翅飞翔，其他鹤亦立刻齐声长鸣，群起而动。一旦看到他们，我需要先规划好接近的线路，避免直线靠近，而要采取迂回往返的行车路线，匀速行驶，给他们以尽可能少的危险信号。而车还要一次性停驶到位，不然在近距离内车辆的再次移动一定会惊飞鹤声一片。这里的灰鹤种群一般都是来自遥远的西伯利亚，他们在每年的冬季，大致是 12 月份飞越而来，到来年的二三月份再飞回遥远的西伯利亚。

这样的清晨，湿地弥漫着晨雾的气味，车子静静地徜徉在枯草的海洋。太阳慢慢从东方升起，随着雾气的散去，大群的灰鹤总是可以出现在视野里。只要保持安全的距离，我就可以欣赏到他们的舞蹈，鹤舞总是优雅得让人落泪。舞步加以翅膀的辅助，越发显得轻盈灵动。鹤鸣总是在激情的时候越发嘹亮，仿佛向天而歌一般，他们把头颈高高地扬起，围成一圈极力地向上，仿佛举行着一种神秘的仪式。初升的太阳仿佛也受到了感染，加快了爬升的速度，努力将金色的光辉笼罩在他们身上。

鹤舞有着极其优雅的形式，尤其是求偶的季节。我曾经在初春的向海之地目睹他们的求偶仪式。他们有的仰天长鸣，有的颔首相爱。求爱的鹤舞是充满了温情与诗意的，尤其是在朝阳照射下的晨雾中。那光晕围绕着雄鹤的舞蹈，呈现出迷人的色彩。雄鹤向着雌鹤半张开双翅，尽量地撑长了脖颈左一圈右一圈地环绕着雌鹤，“的的，的的”向天而歌。他舒展身姿，让自己看起来更加修长。双脚拍地，便有尘土飞起，在晨雾中弥漫开来，立刻增加了许多浪漫的神秘气氛。雌鹤陶醉在雄鹤激情舞姿中，报以“嗝啊——嗝啊”的回应。激动人心的对歌对舞开始进入高潮环节，这一定不只是形式上的变化，更有荷尔蒙的弥漫。他们伸直了脖颈，甚至是向后仰起，向着刚刚升起的太阳唱出最高亢的情歌。偶尔他或者她会兴奋而起，飞舞着向上，但是不会飞高，只是在空中 2 米高的地方停留少许，释放着亢奋的激情。足足有 5 分钟的样子，他们才会稍作休息，酝酿着下一轮的起舞。而这时雄鹤总是温柔地用喙在雌鹤身上轻抚，雌鹤则用喙在雄鹤的脖子底下亲昵，然后，两喙轻吻述说，好似一对恋人。

忽然，一声鹤鸣急促地响起。接着便是更多的鹤鸣呼应，鸣叫声伴随着翅膀的颤动声，突然腾空而起。刹那间竟然有强势的气息传来，我激动地按下快门，急切地记录着壮观的景象。他们飞走了，落在了视线的那头，湿地顿时回到了理性的色调，苍凉肃穆。我收回了追随的视线，被一个土丘上的矫健身姿吸引。等我调转镜头仔细打量，竟然是一只草原雕站在那里。我联想着刚才鹤鸣的急厉，明白了他们集体而去的原因。

草原雕在山西一般是很少出现的，想来他只是旅途中暂时停息。他雄踞在那里，也在注视着我的方向，我想，他一定可以清晰地看到我

的举动。据资料描述，他的视力可以发现 10 公里左右的猎物，此刻在他的眼里我一定是分毫毕现。我们就这样对视着，我也不敢轻易地驱车靠近，唯恐一点大意他就会警觉飞去。我知道与野生鸟类的对视是会让其警觉的，但我还是不忍移开视线，唯恐他忽然地消失。足足有 5 分钟的时间，我们就这样打量着对方。终于还是我败下阵来，缓缓升起了车窗，用余光关注着。又过了一会儿，我发现他不再盯着我的方向，开始左右巡视。我知道，他已经对我放弃了敌意。我慢慢地驱动车子，沿着一个斜向的切线，终于将车停到了合适的拍摄距离。通过镜头望着他不可一世的骄傲，我还是有些惊讶于他的雄姿。

据资料记载，他可以身长 71 至 82 厘米，双翅展开可以有两米。一个蓝天的主宰，食物链顶端的强者，给我的也是一种王者的气势。很久以前就很崇拜这些强者，也听说过许多有关他们的故事。其中最震撼我的是这样的描述："一个猎人与一只雕，他们结伴而居，也较量了很多年。猎人老了，雕也老了，可他们依然在天空与地面之间较量着各自的尊严，终于有一天，猎人找到了极佳的狙击机会，打出了一生中最有把握的一枪。雕随着枪响确实颤动了一下，仿佛是被击中了。但是稍作调整后，雕居然很低地在猎人的头顶骄傲地盘旋了三圈，猎人看着远去攀升的雕影，无比懊丧地把猎枪丢下了山谷，抑郁之情无以掩饰。

而那渐渐远去的雕转过一处山崖，却一头栽下了山涧。雕的确中枪了，猎人的那一枪把握得很好。但受伤的雕却拼着一种骄傲之气，选择用最后一息来维护王者的形象。即使是死，也要在飞出对手的视野后离去。”雕是骄傲的，当太阳刚刚升起的时候，他们就盘旋在高高的天空，骄傲地翱翔在湛蓝而静谧的高处。雕是天空的主宰，即使是死亡，也不会让人看见，他要飞到天堂里去死。雕是具有灵性的，他们不愿死在自己一生傲视的山峦、麻雀、野兔之下，只留下自己雄健刚烈的印象在我们的记忆中。

故事里的英雄已然逝去，而我眼前的雕却忽然飞起。一个简单的拔高后又俯冲下来，向着不远的水洼迅捷而去。我紧张地用望远镜追踪，但视线却无从探究芦苇后面的情况。我想一定是雕在捕食了。只是很短的时间，雕又飞回到了天空，而爪上却是空空的。他居然甩头注视了一下驱车靠近的我，仿佛是责怪我打扰了他的猎食。然后便盘旋着呈螺旋状上升，直到成为蓝天中的一个斑点。

他的翱翔是一幅动中有静的完美画面，他比大鵟与红隼的飞翔给观看者以更大的刺激与惊奇。因为他翱翔时所付出的努力是如此的均等与微妙，以至于人眼无从观察，从而使其动作具有一种轻快永恒的姿态。除了起飞时有些略显笨拙的助跑外，永远都显得那样的从容、淡定。他善于驾驭自然的风，巧妙地借助风的力量不动声色地凌驾于所有动物之上，当然也包括观看的我。

雕飞走了，带着他不可一世的骄傲。我的车却在惯性下靠

近了那处水洼，水域面积不大，大部分是结了冰的，冰上还有前些日子留下来的雪，仿佛一层白色的薄纱笼罩在冰上。在蓝色天空的映照下，小部分水面呈现出一种纯净的蓝色。在整个湿地土黄色的基调中，仿佛一块纯蓝的宝石镶嵌其中。水域十分安静，只有微风偶尔吹起的皱纹。我用望远镜细细搜索着水面的边缘，期待那些芦苇可以揭示刚才雕的造访原因。经验告诉我这里肯定有雕的猎物，一定是刚才的意外吓坏了他们，躲进了芦苇深处。就这样静静地等着，忽然水面从底下冒出了水花，接着就是一只鸭从水里潜出。这是一只有着嬉皮士风格的鸭子，额、头顶和后颈披着棕褐色毛发，灰褐色的背，白色的胸在蓝色的水中特别的鲜艳。只是不到两秒的观察，又或许是发现了我就在他身边的缘故吧，他又一次潜入了水中。我仔细看着相机内他的样子，也知道了他的名字。原来这里有普通秋沙鸭存在，也就明白了雕为何俯冲而来了。

这是一种来自东北北部的鸟，与灰鹤一样有些种群会选择来山西越冬。迁徙期间以及在冬季，他们常集成数十甚至上百只的大群，偶尔也见单只活动。游泳时颈伸得很直，取食或遇到危险时会频频潜水。休息时多游荡在岸边或栖息于水边沙滩上。飞行快而直，两翅扇动较快，常发出清晰的振动翅膀声。起飞时显得很笨拙，需要两翅在水面急速拍打和在水面助跑一阵才能飞起。潜水也很好，每次能在水中潜泳25至35秒。也能在地上行走，但甚警觉，人难以靠近。我镜头中的是一只雌性秋沙鸭。在这块水域大约有十几只，但雄性的只有两只，总是比雌性的更警觉一些，躲避在较远的地方，以至于我无法获取到他满意的照片。时间在不知不觉中流逝得很快，抬眼望去太阳已然升起到很高。隔着车窗，暖暖的竟然让我有了睡意，看看眼前的鸭子们，也都站在冰面的边缘慵懒地整理着羽毛，偶尔有一只会调皮地飞掠过冰面，但也只是飞出去不远就会折返回来。到现在为止，我清楚他们是彻底包容了我的存在，保持着合适的距离，开始着他们正常的游戏。这个上午有着灰鹤、草原雕、普通秋沙鸭的陪伴，在我的拍鸟生涯中算是很不错的收获了。

午后，在车内简单地午餐后我又开始向着湿地的另一端寻觅。处在阳光直射下的湿地地面物种是无法拍摄的，会有热效应的扰流干扰成像。所以在这一段时间我会更多关注树木及水面上的物种。车行驶在湿地中央的一处高坝上，四周是极安静的，路的两边有废弃的电杆仿佛站立的哨兵整齐排列着。我想，如果有一些鸟站在电杆上面倒是很好的拍摄机会。于是我便沿着路寻觅起来，视线远处的电杆上停留有一些黑色的鸟。我急忙把镜头架上了车窗，稳定好车速匀速靠近。随着距离的缩短，我看清楚了

那些是一些普通鸬鹚。这些经常在水面才可以看到的物种不知今天为何都整齐地罗列在这里，好像等着我检阅一般。到了合适的距离我慢慢停稳了车子，开始用镜头一一扫描过去。他们对于我的到来没有表现出太多的骚动，也只是用那欧式的翠绿色小眼睛看了我几眼而已。他在杆上的动作应该用滑稽来形容，时而曲背躬身，翅膀举在身后并在一起，将头远远地伸出，仿佛极力去探取什么一般；时而将双翅高高地举起，晾着双翅的水滴，这一动作会持续很久，直到水汽干透。最喜欢还是他展翅飞行，不是如此近的距离是难以清晰地看到他的飞行技巧也是如此高超。上下左右，或高或低，一切都是那么随心所欲。

普通鸬鹚因捕鱼本领高超，可以快速潜泳并在水中用尖端带钩的嘴捕捉鱼类，自古就被人们驯养用来捕鱼。在我国云南、广西、湖南等地，今天仍有人驯养鸬鹚捕鱼。在东南方甚至黄河中下游地区的河川、湖沼和海滨，也会经常看到狭长的小船上伫立着十多只人工训练过的鸬鹚，帮助渔民捕鱼。渔民将小船划到鱼多处，船上一排排鸬鹚离船飞出，好像一只只利箭，在水中游来游去，一会儿潜入水中，一会儿又浮上水面，当发现鱼时便潜入深处，他最深可潜水 19 米，时间最长可达 70 秒，可称得上鸟类中潜水冠军，用圆锥形带钩的嘴去捕捉那些游泳能力不强的小鱼。若遇到大鱼时，他们会两三只团队作战，有的啄头，有的衔尾，把它连推带衔到船边，以便渔民用网捕捉。鸬鹚捕鱼，自古有之，他养育了我们的先人。在历史的长河里，我更希望这种习俗的消失。更希望人类可以不再凌驾于我们的邻居之上，大家和谐共处。鸬鹚的拍摄占去了我几乎整个下午的时间，这也是一种难得的享受。在这冬日的午后，这些黑色的精灵无不在展示着生命的美丽。在我拍鸟的生涯中我更喜欢这样静静地观察一种鸟类，只要他们不反感我的存在。

太阳已开始温和起来，寒冷又占据了上风。我打了一个冷颤，升起了车窗，慢慢又开始湿地的游弋。不远处有一片较大的水域，我决定还是沿着坝上继续前行。要知道经过太阳的沐浴，脚下的湿地有部分已经开始融化，我可不想在这个时间把车陷入泥泞，那一定是一件令人懊恼的事。

转过一个弯，我的视线把那块水域收入眼底。随着越来越靠近，冰面上的四只苍鹭让我停下来，虽然苍鹭是一种很常见的鸟，我曾在别的地方关注过他的育雏及生活，但眼前的景象还是让我为之动容。冰面很大，相对于上午的那处大了许多。但偌大的冰面却只有四只苍鹭孤独的存在，刹那间一种悲凉的感觉让我寒意顿生。画面中的景象去诠释

悲凉的孤独是最恰当不过。他们就那样孤独地站着，其中有三只还只用一只脚。西去的阳光拉长了他们的身影，更加凸显着一种静静的凄凉。就整个苍鹭的物种来讲，还算是生存无忧的一个群体。但这一副苍凉的画面还是让我感受到了孤独的味道。

苍鹭是一种较大的涉禽，整体灰色 。在山西的种群有部分不再迁徙。其长相温柔但食性却都以肉食为主，甚至还会猎取较大的比如野兔一类的动物。当捕捉到一些大的动物时，他会将猎物拖至水中用溺水的方式将其淹死后再进食。他育雏的方式和其他弱势群体一般，采取群体的方式以数量而取胜，大多将巢筑于较高的树上。我观察过的一棵松树上曾有近五十多个巢，他们营巢由雌雄亲鸟共同进行。通常雄鸟负责运输巢材，雌鸟负责营建。在树上营巢者，巢材多用干树枝和枯草；在芦苇丛中营巢者，则多用枯芦苇茎和苇叶构成。通常是将芦苇弯折叠放在一起作为巢基，然后在上面规整地堆积一些干芦苇和枯草即成。他们在育雏期间比较警觉，胆小。当我接近时大多数会离巢而去，直到我钻入伪装后才会陆续回来，有的胆大的也会用一些弃卵来攻击树下的人们。有了这些经验，我们总是选择在天未亮的时候绕行潜入伪装，尽可能地避免干扰。还有一个有趣的事，每日耕作在树下的农人他们是不会惧怕的，他们总是可以和谐地各忙其事，但我们在整个繁殖期无论去多少次都会惊动他们。

湿地的黄昏有些凄美，夕阳将最后一缕光转换成红色来温暖着冰面上孤独的鸟儿。寂静的天空开始演绎着最后的灿烂，望着鸟儿们离去的背影我也开始收拾装备踏上归途。下一处的湿地一定还会有更多鸟儿们的故事上演。

桑干河湿地，这是一处美丽的天空，除了湛蓝的天，洁白的云，更有美丽的鸟儿飞过。这是一条亘古的河，有清澈的水，有绿绿的河滩，还有鸟儿在歌唱。因南有雁门关，而雁门关高如屏障。据明·《永乐大典·太原志》称："代山（即雁门山）高峻，鸟飞不越，中有一缺，其形如门，鸿雁往来……因以名焉。"所以很多南飞的鸟儿选择了桑干河湿地作为南迁路上的驿站，在这里休养，补给，也等待着合适的气流一飞而起，越过那高高的雁门关。为了拍摄迁徙的鸟儿，我在十月的时候来到了这里。

迎接我的第一只鸟儿竟然是巡视领地的大鵟，在秋日的蓝天下，他静静地飞过，以王者的姿态巡视着属于他的领地。在他飞过的时候，无论个体大小，鸟儿们无一不警惕地向他注目行礼。有些胆小的总会选择退避三舍。黑翅长脚鹬、红脚鹬、豆雁、红嘴鸥、大麻鳽都停下了所有的活动，直到大鵟飞出他

们的视线。由于是迁徙的旅途，这里的鸟儿大多数是密集于一个团队里，有的旅行团多达几百只。他们选择这里作为旅途的驿站，在这里一边补充着体力，一边等待着合适的气流。一旦合适的气流形成，一夜之间这里便会恢复安静，整个湿地只剩下一些土著居民。在我这次观察他们的一周内，在第三天的时候，当我清晨赶来，便没有听到早应该响起的晨曲大合唱。整个湿地寂静得有些陌生。待我登高放眼，昨日还那么热闹的湿地竟然在视线范围内都失去了鸟的踪迹。不过，不必懊恼，也许只要等到黄昏，最多第二天，后续的迁徙团队又会赶来，继续着补充、等待的节奏。

秋风瑟瑟，鸟儿们上演着亘古的南飞仪式，每当此时，那一曲《雁南飞》的旋律总是催人哽咽。更多的时候我们无从知道他们从何处来，到何处去。南飞的路上有着怎样的艰辛，怎样的危险，又有多少鸟儿可以在春天的时候安全地回到家乡。迁徙是一场生命搏斗，无论前途有些怎样的腥风血雨，但他们始终为了完成种族的延续，为了活着的使命，为了与生俱来的责任，勇敢地飞翔。《鸟的迁徙》中曾这样解说：“他们抵挡不了造物主的拥抱，就像 Nick Cave 所唱‘明天我将会飞翔，为了回到你身边’。穿梭于时空的图景之中。生命的裂变无穷无尽，鸟生如此、人生亦如此，鸟儿们在完成着一场生命的迁徙。顿时发觉我们每个人都是一只候鸟，只是在现代化的雾霭中困顿于对生命本真状态的追求。”

大鵟再一次从我面前飞过，思绪回笼，我再次关注着眼前的他们。大鵟的存在是这一场迁徙盛宴中最为受益者，他有着强悍的捕食技能，高超的飞行技巧，通过锐利的眼睛观察和寻觅，一旦发现地面猎物，便立刻快速俯冲而下，用利爪抓捕。他的每一次出击，总是会让鸟儿们大群地惊飞，壮观得有些遮天蔽日。

豆雁群是迁徙大军中最壮观的存在，他们个体及数量相比都较为庞大。这是一种在山西只能在迁徙季节看到的旅鸟，是雁属中体形大、个体重的鸟类。飞行时双翼拍打用力，振翅频率高，脖子较长，腿位于身体的中心支点，行走自如。

为了更近地观察，我换上雨鞋开始在湿地步行。这里的蚊子多到不可思议，一旦有皮肤裸露的地方，他们马上就会蜂拥而至密密麻麻。等你发现，一巴掌下去就是一片红色。我尽可能地包裹了自己，然后又喷洒了药水。虽然还是会有几只顽强

地隔着衣服叮咬，总算可以暂时忽略他们的干扰。

趟过一条小河，一群黑翅长脚鹬正在浅滩中忙碌地觅食。这是一种极具少女韵致的鸟儿，有着细长红色的腿，挺拔黑白分明的身，骄傲地走在浅水中，倒影清晰，相互呼应，每一步都显示出高贵的傲气。初相见时，她没有像其他鸟儿那般警觉与胆小。宛如一位新时代的少女少了些羞怯多了几分英气。对于镜头的关注，她挺直了骄傲的白色腰身。将那黑色的双翅收紧了些许，愈发将那高挑、修长显示出神气。她小而红的眼里，在偶尔望着我时，会露出骄傲的炫耀之色。

这是一种喜欢群聚的鸟，她们在大多数的时候，都表现得比较和谐、安静。或两三只，或五六只，迈着协调的步伐划拨着浅水的微澜。恍惚间有些水墨画家的风采，只不过那些作品只是瞬间的存在，只可以留存在你我的欣喜中。偶尔，她们也会表现出天真烂漫的一面，追逐着跳跃，飞起。她的飞行比起走动更是轻盈灵动。那红色的腿有时拖在身后，有时会轻轻划破水面，带起一串晶莹的水滴，在逆光下如散落的珍珠一般，闪着夺目的光芒。这更像是一种舞蹈，黑色、白色、红色与蔚蓝的天空、油绿的水面相互融合为诗情画意。那俏丽的形体，化为一支画笔，耕耘着唐诗的情绪，播种宋词的写意。

前面有一片芦苇荡，在飘扬的水汽中被雾霭笼罩。隐约中会有黑色的双翅上下舞动，这里也是黑翅长脚鹬在继续秀着空灵的舞蹈。扰动了雾水如轻纱般飘逸，仿佛用美丽的姿态诱惑着整个湿地。偶尔会伴之歌声。声如“可、可、可、可……”，又似“雎、雎、雎、雎……”，带着润泽的清脆，带着金铃般的轻击，急促而轻捷。他们掠过芦苇在低空往来飞行，歌声此起彼落，令人心跳也随之加快起来。我想如果由他如此演绎华尔兹必然会是一种震撼心灵的绝美。

黑翅长脚鹬的温情表现在他们成双成对出现时，每次交配的前后，他们会有相互的依偎，耳鬓厮磨很久的序曲。最令人心动的莫过于激情过后，雄鸟跳下来时不是像其他鸟类一般急急地飞走，而是又回到雌鸟的身边，吻着娇羞的新娘。每当此时，我总是被这样的一幕感动。

一只鹬在苇边伫立，黑色头颈如披一方巾的侠士，粉红色的眼并无恶意地盯住水面，长喙略略下垂，等待着最喜爱的食物游近。鹬之美，早被古人关注；鹬之性情，也早被古人认定。天将雨时鹬会鸣叫，于是古人将美鹬捕捉，拔其羽饰冠并称作鹬冠，作为知晓天文者专用，既美观又具寓意。鹬在大自然里有近八十种，中国占了半数之多。丘鹬、林鹬、滨鹬、泽鹬、反嘴鹬，以及那些缀满珍珠斑、锦羽、芦花羽、茶花羽的鹬，每一种鹬在种类繁多的家族中总是试图别出心裁炫耀取胜，但均无法和秀美身姿的湿地精灵黑翅长脚鹬媲美。

一场舞会依旧在继续着，但我的视线却转向了舞台上的另一位，他和黑翅长脚鹬相比最具特色的是那弯弯上翘的长嘴。更像一位鸟中的佐罗，戴着黑色的面具及黑白相间的斗篷，那长长上翘的嘴便是一把锋利的剑。山西对于他来说，只是旅途中的一处，只在春秋迁徙之时多见。他经常与黑翅长脚鹬混杂而居，好似美少女的守护者一般。他一般是比较安静地守候在水边，观赏着黑翅长脚鹬的舞蹈，激动之余偶尔也会鸣叫着“kluit， kluit， kluit……”的歌声掠过水面参与其中。

红脚鹬也是这场舞会的参与者，相对于黑翅长脚鹬的贵族气质与反嘴鹬的绅士风度。他像极了一位善于多嘴的平民女佣。上体褐灰，下体白色，胸部有褐色纵纹的装束显得与贵族无关 。第一次与他偶遇是在东北的盘锦湿地，我走在湿地中蜿蜒的观光桥上，他不时发出刺耳的叫声盘旋着追随我，或是站在高处冲着我发出愤怒的声音。当初我是不知道原因的，现在回想起来应该是我闯入了他育雏的家园，他所有的行为都是在恐吓我的出现。红脚鹬虽然没有其他二位的优雅气度，但是他的舞蹈也是值得观赏的。这是一种更懂得集体力量的鸟类，他们的舞蹈是集体舞的典范。无论是在水中还是滩涂，他们都极为整齐地演变着自己的队伍。向左转，向右转，没有任何一名会迈出不协调的舞步。

舞曲悠扬，舞姿飘逸。湿地水洼的舞会终于在正午太阳的炙烤下拉上了帷幕，我回味着这大自然营造的唯美，也准备回到车边打理自己的胃口。可就在我穿越一片滩涂的时候，意外发生了，我忽然感觉脚下失去了大地的支撑，身体开始缓慢地向下沉去。我知道这是遇到了沼泽地的缘故，快速想要退后，但也仅仅是两步。在我极力拔出第二步的腿时，另一条腿已经沉过了膝盖。我很清楚，假如只是一味地用力，我可能就会再也无力迈出下一步了。稍作冷静，我急忙把肩头的三脚架全部撑开，然后将身体放平，利用相邻的两个支架用力拔出双腿，可也就是这样，我也只是拔出了腿，雨鞋随着腿的拔出便很快地被泥浆合拢无痕。我终于狼狈地爬到了坚实的地面。望着那渐渐合拢的痕迹，我点燃了一支压惊的烟，呆呆地望着没有边际的天空。自然无情亦有情，

我们必须怀着敬意面对，不然这里的午后就会只剩下相机在孤独地哽咽。

也许是那场意外吧，我在午后选择了不远处的一处较为宽阔的水域，那里没有鸻鹬类的鸟儿，只有红嘴鸥在悠闲地玩耍。这是一种极为常见的鸥，在世界的很多地方都有他的踪影。我便存有在云南、山西、山东三地拍摄的镜头。他们有着白色的头顶，后头沾灰，嘴和脚鲜红色，嘴前端稍暗。但他们会随着夏季的来临换羽为夏装，还会因不同的年龄再改变羽毛的着色。所以不要因为他在不同季节、不同年龄的改变而以为那是一种新的鸟类。这种换羽行为在很多鸟类中都会发生。

整个午后的时间我都在观察着他们的进食、嬉戏。看他们在蔚蓝色的天空急速地拔高，看他们冲向水面捕食鱼儿的迅捷，欣赏着他们掠过水面，在水面划出如花的浪。杜甫有诗《客至》：“舍南舍北皆春水，但见群鸥日日来。”是说他的草堂南北绿水环绕，春波荡漾，鸥鸟成群，日日相伴，环境异常清幽。杜甫还有一首《江村》：“清江一曲抱村流，长夏江村事事幽。自去自来梁上燕，相亲相近水中鸥。”江上白鸥，忽远忽近，相伴而相随。飞鸟与人相亲无猜、怡然自乐的生活情趣，实为一种心灵的慰藉。

回到住处，回顾着一天的收获。欣喜之余那场意外却总是令我感觉心有余悸。为了安睡，我约朋友豪饮至午夜，终于抵不过酒精的作用，安然入睡。梦中的我变成了一只只飞翔的鸟儿，鸟瞰着大地的神奇。

下一个湿地与上面两处相比少了壮观却多了安静，因为距离我比较近。我多会选择经常性地拜访。它没有具体的名字，我们可以暂且叫做无名湿地。这里主要的鸟类有大麻鳽、东方大苇莺、红隼、夜鹭。

大麻鳽，是这处湿地的隐士。他总是诡异地出现在芦苇的边缘，当我惊动他时便会在芦苇丛站立不动，头、颈向上垂直

伸直，嘴尖朝向天空，和四周枯草、芦苇融为一体，不注意时便很难辨别。他总是给人一种神秘的感觉，当我尝试走至跟前，他不得已时才会起飞，同时惊吓着他与我的神经。

东方大苇莺却高调得很，他欢快的叫声永远充斥在这块湿地中。从天色刚刚放亮，他就开始了颇具天赋、令人陶醉的专场音乐会模式。他的曲子堪称勤劳与满足的二重奏，虽不是特别的悦耳，但是却充满了欢快的情感。约翰·巴勒斯说过，一只鸟的歌声总是含有其生命的线索，并在它与听者之间建立起某种同情与理解的情感。我的观鸟之旅有着这样欢快的乐曲做伴，必然会是愉悦的。但我有着一种好奇，是源于东方大苇莺经常发生的一件悲哀事情，那就是被大杜鹃寄生卵以后是否还会快乐地歌唱。

故事是从大杜鹃的繁殖特殊性开始的，大杜鹃特别喜欢东方大苇莺的巢，一有机会，便迅速地叼出一枚东方大苇莺的卵，然后把卵吞掉，再产一枚自己的寄生卵在东方大苇莺的巢中。神奇的是他的卵居然和东方大苇莺的卵不差毫厘。不知内情的东方大苇莺飞回巢内继续孵化着。大杜鹃的宝宝通常会比东方大苇莺的宝宝提前一到两天破壳，这个刚从壳里钻出来的小家伙会使用各种手段将东方大苇莺的卵从巢中挤出去。苇丛下面是水，无论是卵还是东方大苇莺的幼鸟，落进了水里，等待的只能是死亡。这时巢里就只剩这只残忍的大杜鹃幼鸟了，他还会装出永远饥饿的叫声，催促着东方大苇莺夫妇去不停地捕食。东方大苇莺的幼鸟通常仅仅十余天就可以长成，而大杜鹃幼鸟却要二十余天。就这样他们夫妇忙碌着哺育这只别人的孩子。

而最令人费解的又莫过于他们辨别能力的匮乏，因为长了羽毛的大杜鹃宝宝无论从哪个角度看，都和东方大苇莺截然不同。即使是孩子的身材逐渐超过了养父养母，他们依然在快乐地喂食。养父养母捉了飞虫，甚至要落在孩子的身上，才能喂到他。孩子张开巨嘴，养父养母差不多要把半个身子都塞进幼鸟巨大的嘴中。

大自然就这么神奇，上帝在赐予东方大苇莺歌喉的时候，却剥夺了他的辨析能力，让他甘愿做养父养母。东方大苇莺和大杜鹃都飞过湿地的上空，令我们不得不惊叹自然的力量。这世界上，每一种生物都那么可爱，少了谁，都会失去一段故事。故事在轮回着，我依然可以听到那欢快的歌声飘荡在湿地的上空。

这块湿地的空中主宰是游荡的红隼，他们总是忙碌于巡视着自己的领地，偶尔会落在最高树枝上傲视着其他物种的存在。因其背、肩和翅上覆羽砖红色，所以得名红隼。他的猎食主要在空中搜寻。或在空中迎风飞翔，或低空飞行搜寻猎物，也经常会扇动两翅在空中作短暂悬停观察猎物。一旦锁定目标，则收拢双翅俯冲而下直扑猎物。然后再从地面上突然飞起，迅速升上高空。最喜欢的就是红隼悬停在空中的身姿，大多数情况下只通过双翼高速震动来

保持在空中的稳定，但在有风的时候，他可以巧妙地借助风的力量，用合适的角度调整好自己的身体，就那样静静地停留在那里，仿佛是静止了一般。在所有的猛禽中，隼以灵巧高超的飞行技巧而著称，在鸟儿的世界里他总以猎手的身份自居。那犀利的眼神仿佛能洞穿一切的伪装，湿地在他的注视下总会显得更加的清晰，所有的猎物都无从藏匿。我总喜欢追随他飞行的轨迹来巡游湿地，有他飞过的地方总是会让我有意外的发现。那些平常藏匿很深的鸟儿们是决然不会忽略他的出现，总会有所行动来让我发现。

远方的湿地因为水汽的缘故，显得朦胧而富有画意，那些孤立的树，那些摇曳的芦苇总是让人将思绪放飞。而不时翻飞的红隼犹如画家神来的灵感，渲染着心中的涟漪。

湿地的一角是夜鹭的乐园，因为那里总是有些鱼儿聚集。他们习惯静静地站立在水边，当鱼儿出现在眼前的时候，便立

即出击。这是一种以静制动的捕猎方式，我想也是最适合夜鹭的方式吧。相对于红隼的明快他们显得笨拙了许多。微胖的体态，总是弓着背站立，仿佛是湿地中的长者。他头枕部一般有 2 至 3 条长带状白色饰羽，是最值得炫耀和引人注目的。尤其是在有风的日子，这一条会随风颤动的饰羽便给了他一种侠士的风范，让他的站立有了些许萧然的味道。

石鸡，一种有着少妇温婉气质的鸟。总是优雅地散步于湿地的边缘，那里是湿地连着山岭的结合部。她总是骄傲地挺着胸膛尽量把每一步都走出风韵，站立时便选择一些高处。迎风而立身姿挺拔，仿佛家门口翘首以盼的佳人。偶尔，有红隼掠过，她也只是偏了头去看一眼。丝毫不愿意露出紧张的感觉。只有当大鵟到来的时候，才彻底失去那份矜持。如飞一般地奔跑，瞬间便隐匿无踪。很多时候我会在山村的庙会上看到他们被关在笼中等待着买卖，羽毛杂乱失去了在野外的雅致，眼神中充满了哀怨与胆怯，我总是会停下脚步却不忍面对她们的目光。

也曾无数次地与乡民们沟通，但成功放生的机会却没有一次。最好的结果只能是自己购买然后放离。世界总是这样的不尽如人意，人们期待着鸟语花香却无法抵挡眼前那些花花绿绿的纸币，也许，我们总是把那些美好建立在遥远的未来，放在心中。只是一场梦而已。

湿地是美丽的，无论四季如何更替，大自然总是浓墨重彩地涂写着湿地的画意。湿地是包容的，庇护着一个又一个生命过程的完成。水生的芦苇，密丛挺拔，枯黄而不萎缩，迎风避雪，掩护着他们悄悄长大。那些迁徙而来的鸟儿落入苇丛，深处有茸茸的绿，顶部是遮蓬的黄叶。

我喜欢静静地走在这里，不只是因为这里栖息着许多的鸟儿。这里的虫鸣，这里的蝉嘶，这里五彩的草木，这里静而蓝的天空，都让我的心开始自由地飞旋。淡淡的闲云高傲地躲在天边，似乎在期待晚霞的印染，是否也在等待北来的候鸟呢？

深秋临着初冬，是开始还是结束？鸟儿起飞了，旋在空际。红隼游弋在最高的天空，豆雁摇摆着肥硕的身躯忙碌着脚下的食物，中间的天空总有一些鸟儿在盘绕，修长的颈项优雅地伸舒，在红色的霞光中划下了动人的弧线。我贪婪地享受

着这一切的美好，也在思虑着一个询问的符号，即使这一问亘古无应。但是依然期望一个答案，与荡涤有关，与返源有关……

爱鸟已非一日，今知那迷恋般的感觉，却是在如此这般境遇中修炼。鸟居之处，上有白云相知相怜，下有绿叶粉身碎骨真情相报，如若不惜这些精灵的温婉，乞不玷污了许多真诚的爱心。我移步徜徉，一边舞着风，一边在唱着《涛声依旧》。那任谁都不能掩饰的轻盈，在蓝天上画了一幅画，诠释着人间的年轮，诠释着春夏秋冬里的风霜雨雪。

3

春天的故事

4至7月是春天，也是观鸟、拍鸟的最佳季节。在这个季节我总会放下一切工作穿行于山林，漫步于湿地，又或沿着河流寻觅。因为这个季节是鸟儿的春天，是众鸟归来恋爱、繁衍的时候。山西介于北纬34° 36′ ～40° 44′ ，东经110° 15′ ～114° 32′ 。地形层峦叠嶂，丘陵起伏，沟壑纵横。属暖温带、温带大陆性气候，冬寒夏暖，四季分明，南北差异和垂直差异较大。鸟类约有335种（山西鸟类，2006年调查记录记载）。我在观鸟近8年的记录中，有14种鸟类的恋爱、繁殖行为让我有所了解。每年的这个时候，他们总是演绎着占区、配对、营巢、求偶、孵卵、育雏的春天故事。

4月最早到来的往往是红腹锦鸡和风头鹡鹡。红腹锦鸡是一种以羽色艳丽著称的美丽鸟类，最初的相识大多总是惊鸿一现，几次相遇在中条山中。不只是无法拍摄，甚至连一个清晰的全貌都难以看见。像极了深闺佳丽，总是尤抱琵琶半遮面，千呼万唤不出来。拍摄鸟类就是这样，越是美丽的鸟越是需要极大的耐心来寻觅、磨合。

红腹锦鸡是以雄鸟间的争斗拉开春之序幕的。虽然不及褐马鸡的战斗那样惨烈却也是伤痕累累。他们的争斗从一开始的占区延续到交配权的争夺，演绎着千古不变的遗传

法则。在 4 月的一天，我欣赏到了他们最美的求偶炫耀舞蹈，那是一个有着七只数量的小群体。雄鸟们先低鸣着向雌鸟走去，然后旋转着围绕雌鸟开始求爱之舞，他们也会往返疾奔并察言观色，进行着特定路线的环绕，扭动身躯极力展示着自己美丽的羽毛，待站立在雌鸟正前方时，雄鸟身上华丽的羽毛都蓬松向外，彩色的披肩羽盖住了头部，很像抖开的折扇。靠近雌鸟的翅膀稍稍压低，另一侧的翅膀翘起，翅膀上和背、腰上五彩斑斓的羽毛都展现在雌鸟面前，尾巴也随之倾斜过来，使美丽的尾羽和尾上的覆羽显得十分明亮，同时双眼向雌鸟脉脉传情。这时，雌鸟已被雄鸟的绚丽羽毛和一系列炫耀动作引得眼花缭乱，不时地发出“咝咝”的艳羡声。这种表演会持续近两个小时，直到战胜者骄傲地带领妻妾离去，红腹锦鸡是一夫多妻制的婚配方式。相对于形体及色彩的美丽，他们的巢却显得十分简陋。一般选择低洼的树下或灌木丛中，孵化二十余天后，他们带领着幼鸟进入了下一个轮回的故事。

每年的这个时间为了尽可能多地观察并记录到鸟儿们的爱

情故事，我总是要奔波于数百公里的范围内，或山地，或湖泊。乐此不疲地欣赏着，激动着。红腹锦鸡在山间啼鸣的时候，远在三百公里以外的一处湖泊芦苇间同时上演着一场精彩的水上求爱之舞。那里是风头鸊鷉的爱巢，是他们演绎春天故事的舞台。

那块湖泊不大，而他们又喜欢在靠近岸边有着芦苇、蒲草等水生植物的地方营造爱巢，这样便有利于我的观察和拍摄。为了更完美地表现，许多时候需要卧伏于烂泥之中，机位尽可能靠近水面。如此才能在有效的焦平面完美记录他们的爱之舞。

风头鸊鷉求偶姿态之美，堪称一绝，可谓一场完美的水上芭蕾。我在潜伏的第三个午后，欣赏到了发生在预期距离内的激情表演。他们初相见时，相互打量，两相对视。而后开始用不断点头、摇摆头颈等动作吸引对方。动作富有节奏性、呼应性，仿佛有《胡桃夹子》在为他们伴奏。随着舞曲高潮部分的轰鸣，他们的动作也愈发的快速和谐。更为精彩的是两只风头鸊鷉会突然跃出水面，叼着水草，扇动翅膀面对面直立在水中，然后

向前踩着水面，冲向对方，相互快要碰撞时便骤然停下，交换衔着的水草来情定终生。整个过程在水花的映衬下显得浪漫温馨无比，恰如水上芭蕾的精华段落。随着乐曲低缓部分的出现，水面上一对新人相依相偎、窃窃私语，含情脉脉地摇曳起阵阵涟漪，渐渐扩散成美丽的同心圆至整个湖泊。

他们的巢由水生植物的叶子建成，就像一只可游动的船（浮巢），能随水位上涨而漂起，能随风起而随波逐流。但不会往巢里渗水，还可以因为湿草发酵产生热量，有助于鸟蛋的孵化。夫妻在产卵后轮流照顾孵化，我尝试着穿着水裤靠近观察。他们就会迅速用水草把巢穴盖好离开，躲在附近，直到我匆匆离去。

幼鸟破壳后，夫妻会齐心协力地喂养子女，并且亲自担任幼鸟们的“游泳教练”。妈妈先让幼雏伏在自己的背上出游，然后，来一段泅泳，有意迫使雏鸟做单独的潜水练习，让他们很快地掌握和熟悉水性。顽皮可爱的小宝宝们，尽管一出生就会在水

中游泳，但喜欢撒娇，在水中稍游一会儿，就往妈妈的羽背上钻，好生可爱。一艘爱的妈妈船就这样温暖地庇护着幼小的生命，游荡在湖中。

这个时期具有很强的领地意识是每一种鸟的共性，他们一家也不例外。发现有其他鸟类接近领地，爸爸总是会奋勇出战，有时妈妈也会在强敌侵入时安顿好孩子与爸爸一同迎敌。宝宝们这时都会隐藏在芦苇中胆怯地注视着战争的进展。等到把入侵者赶出领地后，孩子们就会爬回妈妈的背上，用自己的小脑袋去摩擦妈妈的羽毛，仿佛要安慰妈妈一样。一家人又可以温馨地享受天伦之乐，享受湿地的安宁。

湖水在夕阳中泛出暖暖的色彩，太阳仿佛也被这所有的温情感动，留恋地放缓了归去的脚步。

湖中有岛，岛上树木茂密。树上有鸟，大白鹭与黄嘴白鹭。他们从始至终是风头䴙䴘上演水上激情的观众。同时他们在这个懵懂的季节也开始了树上的春天故事。

大白鹭与黄嘴白鹭是近亲，他们的爱情故事也大同小异。我们暂且把他们视为一家人就好。因为春天的缘故，他们都换上了美丽洁白的婚纱（繁殖羽）。每天伴随着太阳的升起便站在朝阳中炫耀着各自的新衣，并将颈部尽可能地向上扬起，极力展示着修长的身姿。与我们人类不同，新郎们也穿着更美丽的婚纱，经常会迎风展示美丽细长的饰羽，丝丝洁白透明。给人以纯洁之美的联想。由于他们在鸟类中属于弱势群体，所以喜欢借助群体的力量来保证种群的延续。往往一棵树上就会有几十个巢，他们各自打理着自己的小窝，当有外族侵入，集体的力量便凸显出来，“嘎嘎”的叫声集合成了超分贝的轰鸣。群飞的壮观让入侵者眼花缭乱。直到吓退了入侵者，他们才会逐一回到巢穴，用温柔的低吟安慰受到惊吓的宝贝。

在晚些时候的另一个地方，大白鹭捕捉老鼠的一幕给我留下了很深的记忆。那是在一个废弃的建筑工地，大白鹭在枯草中漫步，他伸长着脖子，每一步都是慢慢地抬起缓缓地放下，好像怕惊动了谁一样。远处的土堆上有一只猫蹲在那里。大白鹭竟然向着那个方向而去。我有些紧张地看着，甚至有些担心他的安全。他终于停了下来，开始微微摇动长长的脖子，就那

么慢慢地摇着，仿佛与枯草在风中对舞。突然，他猛击草丛。然后把嘴里叼着的东西抛向空中。接着又准确地接入嘴中，稍作调整后便吞咽下去。我看清楚了那居然是一只老鼠。我有些惊讶地看着，土堆上的猫也有些目瞪口呆。

黄嘴白鹭的各种奇特行为更是妙趣横生。一般成年雄鹭都有属于自己的领域，这个领域神圣不可侵犯，当雌鹭闯入其领域时，雄鹭会机警地伸展冠羽、蓑羽和胸羽进行威吓。这时，雌鹭必须耐心等待。当雄鹭收缩蓑羽，表示同意雌鹭停留在其领域的边缘时，他们之间的恋情才算拉开序幕。起初是双方默默对视，嘴喙相碰，然后双双起飞，在空中长时间地比翼翱翔。待飞回到枝头或岩石上后，他们互相追逐，有时也会相对翩翩起舞，以此来表示对彼此的爱慕和信任。这时的雄鸟就会表现出对雌鸟的恩爱，他用尖喙为雌鸟梳理羽毛，给雌鸟送来食物，为心上人不知疲倦地一遍遍吟唱着只有一句歌词的爱情歌曲，

“kao-a kao-a”，吐露着柔情蜜意。接下来，你就会看到天空不时会出现雄鸟衔着长长树枝忙碌的身影。筑巢完毕，雌鹭便开始产卵，雌雄鸟要轮班看守鸟蛋，绝不允许其他鸟类进入自己的领地。

雏鸟出壳后，爸爸妈妈忙碌地到岛下面的浅水处觅食鱼虾，把食物储存在自己颈项的喉囊中，然后飞回窝巢吐出食物，再用嘴将食物撕碎，喂食雏鸟。飞离时会把巢内幼鸟的粪便带走，保持鸟巢的洁净。待幼鸟长成初羽鸟时，爸爸妈妈为了锻炼他们的生存能力，常常在觅食回来以后降落在树枝上，抖动翅膀，“嘎……嘎”地欢叫，让初羽鸟从窝巢中爬出来，向上跳跃着领取食物。

树上的故事每年都在温馨地延续。而我又要赶去另一处地方来关注两种鸟儿的爱情故事，他们是灰头麦鸡和凤头麦鸡。

这是两种麦鸡属的近亲，他们的爱情故事也基本有着同样的节奏。正常情况下，他们都会选择湖泊的边缘离水不远的地方来完成春天的故事。但我更喜欢在一处稻田来观察他们这一行为。

在山西稻田面积很少，我居住的地方三十公里处正好有一块稻田。稻田位于公路的边上，那时刚接触拍摄鸟类，偶尔路过，发现总是有他们在这里活动，于是便驱车靠近。稻田中间有小路纵横，这样基本可以不需要下车，依赖车的伪装便可以很近距离地观察。每年的 4 月初，这些鸟儿便开始紧张的繁衍行为。因为他们选择的地方不久便会注水淤地。而他们的巢又都是在裸露的地上（依赖颜色的相近来进行伪装）。如果时间有差异，不能赶在稻田注水前使幼鸟出壳，那就面临着巢被水淹的危险，无法正常育雏。而每年的观察结果却显示，很少出现有鸟巢被淹没的结果，他们计算时间的能力我始终无法解密。

他们都是一夫一妻制，求爱的时候通过炫耀飞行技巧和发出恐怖的叫声来驱逐同类的竞争。而在他们整个春天的故事中，拍摄难度最大是交尾的过程，因时间极短，往往从发现到聚焦完毕，鸟儿已经飞离。通过更多耐心观察，我发现还是有前兆的，往往从是以一种急促的鸣叫拉开序幕。听到这种特殊的叫声时，雌鸟在地面已然做好了准备，半蹲着翘尾等待。这时便可以从容地聚焦到她的身上，雄鸟往往是从天而降，一边叫一边准确地直接落到雌鸟的背上。也就是 1 到 2 秒的时间，激情褪去的雄鸟便再一次冲向蓝天。

每次他们都会有 4 颗卵产于简陋的巢中，虽然简陋，但是伪装色却极为巧妙。如果不是刚巧遇到他们在巢中交换育雏的身影，一般极难发现。即使是你步行到很近的位置，只是短短的几米距离内都很难找到他们的巢。我想，之所以他们的巢营造得如此简陋，并非是没有技能，而是恰好利用了色彩与环境的融合。安全对于鸟类来说才是最重要的。这一法则在幼鸟出壳后又一次被验证。

幼鸟有着极强的适应能力，往往是在出壳几个小时后便可以极快地奔跑。其速度之快相对于他们极小的身躯是超出你想象的，而他们还有另一种技能，那就是其羽色与环境的极好融合。当他们发现无法用速度逃离的时候，总是会选择与其羽色极度相似的环境来一动不动地藏匿其中，即使就在你脚边也很难发现。而亲鸟同时会发出一种警告的叫声来给幼鸟原地装死的指令，一边在很近的地方急速地飞掠，凄惨的叫声让你想多观察一会儿都不忍坚持。同时他们还会不时地落在你的身边，做出

一些好像受伤的样子，往幼鸟相反的方向来吸引你的注意。这时的幼鸟是极为听话的，甚至于我蹲守在他的身边又或把他捧在手中都无法让他动那么一动。没有亲鸟解除危险的信号他们甚至会几个小时都如此。我之所以可以拍到幼鸟站立的镜头还是得益于耐心的等待，在没有惊动亲鸟的情况下，潜伏于车内几个小时才得以完成。

这里的清晨或傍晚是最热闹的。鸟儿们打斗，觅食，又或求偶，或洗浴。总是有不断的新意来满足你的镜头。你可以缓慢地行进在田间的小路，期待与鸟儿的不期而遇。也可以停车驻足，静静地等待心仪的目标。我守候这里已有五个春季，收获了二十六种鸟类的美丽。其中不乏珍稀的鸟儿。

五月来临，金眶鸻、戴胜也开始了他们的爱情故事。他们的巢离得很近，每年基本上都是在一个河滩的附近。金眶鸻喜欢把自己的巢建在河滩的乱石中间，和灰头麦鸡、风头麦鸡一样都是靠着天然的伪装色来孕育自己的后代。我每年总是可以在同一个地方找到他们的巢，观察他们交尾、孵卵、哺育幼鸟的全部过程。他们的育雏行为基本和前面提到的两种麦鸡相似。幼鸟也会靠天然的环境来伪装自己，用假死的方式来逃避天敌。

五月的第一天是我与他们初见的日子，当天拍摄到了其交配的镜头。18 日再见时便有了孵化的镜头，这种鸟每天孵化时间不长。大部分时间父母都在附近觅食，待亲鸟离巢后我拍摄了其巢中鸟蛋的情况。但时隔两日，我估计幼鸟已将出壳，到达现场却发现巢中鸟蛋已全然不在。当时以为小鸟已经离巢，便极力在周围用望远镜寻觅。但毫无结果，小河畔依旧只有亲鸟。一种不祥的预感袭上心头，随着观察时间的延续，这种不好的感觉愈来愈浓，那些将要出世的宝宝们一定是遭遇了不测。太阳已经开始偏西，当再一次看到他们交配时，不祥的预感被证实。我回到其巢边，却没有一丝的痕迹来解释谜团。四个蛋荡然无存，而且连一点蛋壳的碎片都没有。我实在无法想象那些孵化了很久的卵究竟是被路过的人捡取了，还是被其他动物所觅食。看着远处游荡的爸爸妈妈，我实在无法想象他们的痛苦。也许这种情况对于弱势的鸟儿来讲比较正常，匆忙的再次交配已经看到他们想赶在这个季节之内再进行新的孵化。也许他们连悲伤都没有时间。

5 月 21 号丢失鸟蛋的那对夫妇，经过又一轮的哺育。他们终于在 6 月迎来了自己的孩子，四个小宝贝顺利来到了这个世界。他们总是紧跟着父母，在他们周围觅食。有时也会来到小河边沐浴一番，这种鸟是很爱清洁的，每天总是会在近中午的时候来河边洗澡。最温馨的画面往往也在这个时候出现。洗澡完毕，父母会带着孩子站在较高的石堆上，温柔地帮孩子整理羽毛。那毛茸茸的幼鸟在阳光的照射下愈发显得可爱至极。而他们一家人的天伦之乐无疑就是此时此地最温馨感人的画面。

当我在观察金眶鸻的时候，不时会看到忙碌的戴胜嘴里衔着各种昆虫飞过眼前。跟着他们的飞行轨迹，巢就在不远处的一棵树上。他们的巢是一处天然树洞，而且有两个出口。我观察到亲鸟一旦发现我在附近时总是选择背向我的另一处出口来喂食。他们通常把自己的巢建在林缘或林中道路两边的天然树洞或啄木鸟的弃洞中。洞口大小直径随环境而有较大变化，在缺少树洞的山脚农田地区，也在废弃房屋墙壁洞和悬崖岩壁缝隙间营巢，甚至在地上干树枝堆下产卵。

这是一种经常会让人误以为是啄木鸟的华丽鸟儿。他们头顶花冠，身披条格衫，有着长长的嘴。虽算不上多么艳丽，但绝对独特出众。它总喜欢蹑手蹑脚地在草地上踱步，黑、棕、白三色相间的外衣能很好地融入周围环境。只有在受惊或兴奋的时候，戴胜头顶的一丛羽毛会立刻打开，形成美丽的羽冠。戴胜的美会经常成为诗画中的常客，被赋予许多美好的寓意。唐代诗人贾岛就曾写下“星点花冠道士衣，紫阳宫女化身飞”

的诗句赞美戴胜。

和许多鸟类一样，繁殖期的雄鸟常为保护领地而格斗。有时也可以看到有雄鸟间的争雌现象，雌鸟在一旁观望，最后和胜者结合成对，营巢繁殖。戴胜雌雄亲鸟共同育雏，并且常结伴觅食，还会互相喂食，以示恩爱。雌鸟孵卵时，雄鸟总是不辞劳苦，每天数次觅回食物喂给雌鸟，雌鸟在整个孵化期很少离开巢穴。因此戴胜也被视为爱情忠贞、和睦美满的象征。育雏期间亲鸟会经过 26 至 29 天的喂养，他们总是急急地觅食然后回巢喂给幼鸟。每次回巢，会先落在较高的树枝上，观察周围情况有无异常。当发现安全时便马上飞到洞口喂食，直到雏鸟出巢飞离。

没有仔细的观察我很难想象如此美丽的鸟，往往会有一个堆满粪便、奇臭无比的巢。戴胜的臭味有两个来源：粪便和孵化期雌鸟尾脂腺的分泌物。每到繁殖期，他们从不清理巢中的粪便。雏鸟孵出后，在巢中成长期间，粪便会越积越多。这些污秽物再配上雌鸟繁殖期尾脂腺的一些分泌物，那气味轻易不会有食肉动物愿意靠近。也许这正是他们保护鸟巢的一种手段。

随着时间的推移，我们来到了六月。更多的鸟类上演着重复的故事，灰椋鸟、彩鹬、山麻雀也争相登上了舞台。

灰椋鸟是一种山西常见的鸟，无论是公园还是城郊，总能看到他们在绿草地上或树枝间嬉戏。资料记载应该为夏候鸟。但是这几年的冬天会经常看到他们生活在我身边。可能是太容易见到的缘故吧，反而是在最近的时候才开始拍摄其育雏。在这个多情的季节，总是有很多的故事等待着拍摄，所以会忽略

灰椋鸟的存在。在我每次去寻鸟的必经之路上，有一片面积不大的森林。树不是很紧密，稀疏地形成了一处绿荫。来往久了，便发现他们的巢就在眼前。于是我选择了几个光线不是最佳的时候来观察他们。

他们的巢多会选择在树的天然洞或啄木鸟废弃的洞中，相邻不远的树上便有好几个巢。我将车停在树下，安置好设备便没有任何伪装地坐在那里。他们似乎对于我的到来没有太大的反应，只是安静了一会儿便又继续他们的工作。他们的择偶行为比较和平，未见过有占区、争夺雌鸟打斗的行为。在整个春天，都是见他们在忙碌地捕食，不停地飞回巢中喂食幼鸟。每次回到巢边的时候，幼鸟总是张着大大的嘴挤在洞口鸣叫着，那叫声是比较急促的，是一种因饥饿而发出的连续性的声音。而亲鸟总是可以分辨出上次喂了谁，这次又该谁了。他们会照顾着这些幼鸟全部出巢。因为巢洞的缘故，亲鸟飞回洞口时总是要调整好自己的飞行轨迹。在巢前完成一次华丽的转身，而往往这个转身的瞬间也正是我们捕捉其最美形态的机会。双翼展开，头部朝向巢的方向，仿佛一种完美的平衡。最后他们依赖翅膀的稳定，几乎悬空完成整个喂食动作。偶尔，他们也会钻入洞中，将幼鸟的粪便带离巢穴，保持着巢内的清洁。在一次拍摄绣眼鸟的育雏过程时，因为是相对较裸露的巢，可以清楚地看到亲鸟用嘴来帮助幼鸟排便，将一些消化不完全的食物费力地从幼鸟的排泄口啄出。灰椋鸟的这一行为我一时无法观察到，但是也应该同样有这样的艰辛。这一幕的记忆在我的脑海中极为深刻，每每想起，总有心酸的味道。大自然给了我们延续生命的奇迹，父母的伟大总是不遗余力，面对幼小总是无所谓艰辛，甚至是付出生命都毫不犹豫。世间只有这种爱堪称伟大无私。

彩鹬，听名字就可以让我们想象其色彩是何其绚丽。他们身体上有着暗褐色、皮黄色、红棕色、白色、黑色、棕红色、栗红色、橄榄褐色、蓝灰色、黑褐色、暗黄色、榄褐色、金黄色、金属铜绿色、灰褐色、黄色、褐色、黄褐色、绿褐色、灰绿色等二十种的色彩搭配。自然造物的神奇，尤其是色彩的管理在彩鹬的身上表现得淋漓尽致。我想，即使是我们现在最强大的电脑配色也无法与其媲美。尤其在其洗浴完毕，举起双翅炫耀时，与水中倒影相映生辉，无疑是盛开的色彩盛宴。

彩鹬的家族可以说是延续了母系氏族的习性。他们的雌鸟相比雄鸟身材较大，色彩更加绚丽，在鸟类的家族中比较罕见。在很长的一段时间都让我认错了雌雄，直到看到他们的交尾，才豁然开朗。繁殖期由雌鸟占域求偶，伴随着求偶行为——雌鸟追逐雄鸟，雌鸟在夜晚和晨昏会发出特殊的求偶鸣声。雌彩鹬在不断寻求新配偶时，也常发生争夺雄彩鹬的激烈战斗。它们双翅下垂，尾羽散开，两眼怒视，还不断发出尖厉的叫声，互相对峙着，把对方视为仇敌，护卫着要抢夺的雄鸟。

彩鹬的观察与拍摄都在灰头麦鸡繁殖的那片稻田，也是在稻田里发现的最珍稀的鸟类。连续三年我都有看到他们在那里重复同样的故事，虽然较我们的想象和常识有大的不同，但他们的行为和我们理解的喜新厌旧无关，是在自然界繁衍种族的适应结果。

下面该轮到山麻雀的出场了，他们体长 13 至 15 厘米。与我们身边活跃的家麻雀相似，但色彩比家麻雀鲜艳。

而我拍摄到的是在一处桥梁的铁质管状的扶手中。也算是一种必然相遇吧，因为桥是我在春天观察鸟类必经的。一次看到有亲鸟嘴中叼食站立桥头，我便远远停车用望远镜开始观察。果然他们的巢就在那些断裂的铁管中，居然占据了全部的断口，不足 20 米的距离就有 4 处他们的巢。或是雄鸟或是雌鸟，他们基本上是轮流回巢喂食。可能是人们经常通过的缘故，小鸟是不会露头的。最多在亲鸟回来时发出轻微的鸟啼来证明他们的存在。我选择缓慢靠近的方式，把车停在了一处较为理想的拍摄机位。不需要下车，因为桥宽的缘故，距离实在太近了。即使是这样，我的到来也影响了亲鸟回来。一开始他们总是站在较远的树枝上，或左或右地飞行，停下来观察着我的存在。我知道他们是不满意的，但是又显得无奈。足足有近一个小时的观察，雌鸟一定是因为担心幼鸟的安全，她犹豫着先落在较远的铁管上，然后眼睛紧

盯着我开始慢慢靠近。而这时的雄鸟依然不停地在我左右飞行移动，想吸引我的注意力掩护雌鸟的回巢。我看着他们的配合会心地笑着，同时也避开了雌鸟的目光，给她更大的信心。终于他们放弃了对我的警惕，放任着我的存在以及拍摄时的快门声音。我们开始和谐地相处起来。整整一个下午，我们一直互相陪伴着。我拍摄的并不多，大多以观察为主。其实也是想尽可能的少些干扰，让他们熟知我并无恶意。当我第二天再回到同一机位的时候，他们居然没有再质疑我的到来，坦然继续着辛勤的哺育。

有资料显示，麻雀类具有很强的记忆能力，甚至对于救护过他们的人类在很长时间内都会有感恩的行为。仅仅是一个下午的时间，我的行为便被他们记忆，而不再有丝毫的警惕。甚至我在他们都离去的时候下车靠近管口，放一些食物想让幼鸟露头（但是没有成功），亲鸟就站在不远处耐心地等待，没有丝毫的惊慌。当我刚刚离开不远，还来不及上车，他们就钻入了巢中。更有意思的是，对于我放在管口的食物，他们只是有些怨怪地看我几眼，然后便不停地叼起抛到远处。看来我们认为的好处并不一定会是他们需要的。

6 月，已经是夏的开始。寿带鸟、水雉，还有蓝翡翠拖着疲惫的身躯回到了山西，找寻着各自理想的巢址。这三种鸟都是非常稀有和美丽的，基本上来自我国的南方边陲以及东南亚地区。每年的 5 至 7 月他们飞越近两千公里的路途回到出生地来延续后代，也就在仅仅两个月后的 8 到 9 月便会带着刚出巢的幼鸟离去。鸟的迁徙是自然法则的体现，他们总是在出生地和越冬地之间穿越。

寿带鸟选择的地方在山西的南部，我需要驱车三百多公里去观察。他们是一种体态优美，体型似麻雀大小的鸟，但雄鸟那近身体三倍的带状尾羽使他们显得修长了许多。他体色带有金属闪光的蓝黑色，头顶伸出一簇冠羽，白色寿带鸟的全身羽毛成白色，拖着两条白色的长尾，时而在树枝上跳来跳去，时而在枝间飞翔，或从一棵树飞向另一棵树。飞行缓慢，长尾摇曳，如风一般飘逸，异常优雅悦目。他们常从栖息的树枝上飞到空中捕食昆虫，偶尔也降落到地上，落地时长尾高举。鸣声高吭、洪亮，鸣叫时羽冠耸立。最初相识，我便被他空灵飘逸的气质所吸引，从那一刻开始，他所有的一切便铭刻在我记忆的深处，让我每年期待着那一抹飘逸再现。

繁殖初期，雄鸟站在树枝上，清晨就唱出占区求偶的歌。虽然听起来只有单调的高音阶，但一样吸引异性来到他的身边。选择结束后他们便开始营巢。利用枝桠之间的结构固定一个杯状的鸟巢。体积不大，仅仅能够容纳他们的身子覆盖在上面，头和尾部都在巢外，不甚隐蔽，常遭天敌和人为破坏。一窝产卵 2 至 4 枚。卵呈椭圆灰，其上布有栗色斑点。雌雄鸟都会孵化育雏，孵化期 12 至 14 天，留巢期 10 天。

寿带鸟因其美丽，尤其是在繁殖期，对人为干扰极为敏感，很容易弃巢，特别是在产卵初期，所以我们的拍摄总是会选择幼鸟出壳后才开始。虽然他们弃巢之后会在原巢附近重新筑巢，但是他们的时间的确有限，过多的干扰还会让他们来年放弃回到熟悉的区域而另外寻觅新的巢区。寿带鸟领域意识极强，其他鸟进入其巢区，他们会立即出击追赶，直到驱走为止。有一次我观察到了雄寿带鸟驱逐红嘴蓝鹊的过程，寿带鸟相对于红嘴蓝鹊来说体积小了太多，但是凭借着超凡的勇气和灵活的飞行技巧，还是成功驱离了红嘴蓝鹊。也许是因为做贼心虚，红嘴蓝鹊在这里总是表现得那么猥琐，无心恋战。

在返程的一处湖边，那里有莲花盛开。站在湖边，享受着雨后湿润的空气，周围一片静寂，绿色的叶子营造出满目的夏意，间或俏立的花随着微风摇曳着多情善感的舞姿。花在这样的映衬下一定是幸福的，你看他那温润的风姿，总是显露着浴后的清雅。闭上眼睛，我扬起了头，任阳光满满地洒在脸上。

忽然，一种轻微的异动吸引了我的视线。我急忙仔细看去，竟然发现有一些水上仙子悄悄地进行着亲密的行为，那就是水雉。水雉是一种可以和寿带相媲美的鸟，假如说寿带是飘逸的林中仙子，那水雉就一定是淡雅水墨中的凌波仙子。水雉美，美在体姿玲珑、毛色丰富、腿长趾宽、长尾灵动。它的双脚是专为在荷叶面上生存而造，在漂浮的叶面上行走，如舞如醉如履平地。那舞姿是为着这样的环境而设计的，具有和莲一般的高雅、清新。更喜欢他飞翔时，它的长尾和一双长腿悠然地垂着，掠过红绿相间的湖面，那一身淡彩素衣瞬间便灵动了整个湖面。

仿佛一曲江南丝竹悠然而起，足够让你心醉。

这样的一个形态也让他又有了水中凤凰的美称。

我爱过一名女子，初相见的时候，就与此时的感觉无异，她的淡雅脱俗让我久已平静的心泛起微澜，举手投足之间都是那般优雅别致。一日聊天，我问此刻她正在做什么。她说，在做家务。我答，不知这样的女子做起家务来该是一幅怎样雅致的画面。故事也就此开始，可我却一直无缘欣赏那幅唯美的画面。而眼前的仙子恰好可以弥补我的遗憾。

水雉每年从南方飞来的时候，雌鸟们总是避免不了为争偶而殴斗。自然造物的法则，她们需要优秀的基因而延续一个种群的生命。她们的打斗更像是一场水上的舞蹈，你常常可以看到她们在水面或空中翻飞，不失优雅地炫耀与争鸣。这样的打斗是符合仙子身份的，时间不会太久她们就会分出伯仲，落败的一方也会悄然地离去。

他们的习性是一妻多夫制，正如前文提到的彩鹬一样，优秀的基因总是要更多地扩散。她们通常把巢建于荷叶以及大型浮草上。巢较小而薄，像一只盘子，雌鸟总是可以安放 4 个卵在每一个家里，然后再由每一位雄鸟来孵卵，这样的一个繁殖季节雌鸟有时可产卵 10 窝以上，真的是要感谢她为种群延续付出的辛苦。

每一位爸爸尽责孵化22至26天后，幼鸟们便自行破壳而出。他们的孩子为早成鸟，出生后半小时左右即可行走，跟在爸爸后面进行觅食活动，不必喂食。但爸爸总是在孩子们的周围守护，当危险临近时会发出急促的警戒声，有时甚至会故意吸引入侵者的注意，将入侵者引开，而孩子们则乘机躲藏进荷叶中。每当清晨和黄昏气温较低的时候，孩子们总是藏在爸爸的羽翼下取暖，这样的一幕（大大的一只水雉，而下面却有着很多条腿）温馨得让你落泪。

湖边的微风依旧吹拂着荷叶的舒展、荷花的摇曳。带着留恋，我开始了另一种美丽的寻觅。

回到我居住的城市，不敢作太多的停留。稍作补给便来到一条小溪的旁边，蓝翡翠是喜欢在小溪边写故事的鸟类。一条小溪，水量不大，呈蜿蜒之势。四季有水，寒冬时节也流淌不息。河床平淡，也可驱车寻觅。一来省去了负重步履之苦，二来就车伪装，可以更加接近观察。 两岸，多杂草。河道就势曲折，

转弯处往往有惊喜，偶尔就会面对面相遇在一起。四目相对，总有时间相互审视，镜头快捷，就会捕捉到惊喜的画面。真有曲径通幽、柳暗花明之感触。与蓝翡翠的相识就是这样拉开序幕的。久而久之，便习惯了此处的探望。每隔一段时间，便来与老友相会，倒也乐在其中。

说到翡翠，人们自然会想到晶莹剔透、翠如凝脂的翡翠饰品，蓝翡翠就是鸟类家族中这么一位色彩艳丽、端庄优雅的翡翠鸟。羽毛以蓝色、白色及黑色为主。头黑为特征，翼上覆羽黑色，上体其余为亮丽华贵的蓝紫色。故得名蓝翡翠。

车转过一个弯道，忽然就看到一只蓝翡翠很低地落在小树的枝桠上。我们就这样对视着，仅仅是几秒中，他便飞去了林中。我放慢了车速，知道已经进入了他们的栖息地。车行不远，果然见一只蓝翡翠嘴中叼着食物飞过我的车前。望远镜跟踪而去，不远处的一个黄土崖壁上有着一个土洞，这就是他们的巢了。每次归来，蓝翡翠总喜欢营巢于土崖壁上或河流的堤坝上，用嘴挖掘隧道式的洞穴做巢。雌雄双方共同挖掘，可以达到 60 厘米的深度，末端扩大为巢室，每窝产卵 4 到 5 枚。资料上说，孵化期的雌鸟与其他鸟类不同，即使有人走到她的巢边也不会飞走，是个十足的恋巢鸟。其实，他们只是不愿意抛弃已经出生的幼鸟不得不忍受着人类的侵入。在我的观察中，他们刚开始挖掘巢洞时，很敏感人类的靠近。一旦发现我们对其巢洞的关注，就会放弃而再找寻更隐蔽的地方。

我观察过他们几个季节的育雏，他们选巢的地方总是离上个季节的旧巢不远。还有使用旧巢的习惯，简单地清理过后，便在去年的旧巢中开始今年的故事。鸟类的记忆与方位一直是我不得而知的迷。飞越上千公里，相隔近九个月的时间，他们总是可以找回过去的家，延续新的生命。

巢在崖壁上，崖壁前有树木掩护。他们回巢前总是落在附近的地方观察后飞速入洞，如果你不是用心观察往往看不到其进出的痕迹。孵化期，他们共同承担。轮流出去觅食，洗浴。这时的亲鸟羽色是很差的，失去了恋爱时的光泽。尤其是雌鸟总是匆忙出去十几分钟便急急转回，雄鸟往往会贪玩一些。有多次总是在雌鸟的呼唤下才姗姗回来。这也让我联想到了我们人类的家庭，也大致如此。对于家庭繁杂事务付出最多的总是母亲，对于孩子的惦念也总是儿行千里母担忧。正是这样的无私母爱延续了自然界每一个种群的存在。

回到正题，幼鸟们出壳后，随着渐渐长大，蓝翡翠的亲鸟们需要大量的食物来满足四五个孩子的成长。他们总是不停地忙碌，从日出到日落，每间隔几分钟便会有不同的食物送到幼鸟的嘴中，这也正是他们把巢安置在小溪边的理由，这里的环境更利于他们快捷地寻觅食物。

春天的故事随着夏的来临渐渐结束，知了的繁杂鸣叫代替了鸟儿的歌曲。那些刚出巢

的幼鸟们也渐渐失去了踪影。我走在回去的路上，远处夕阳正浓。回顾这一个春天的记录，心中存满了温馨。由于鸟种的不同，分别有着各自的求爱技巧。

食物求爱

鸥类、蓝翡翠、普通翠鸟等求爱很实际，他们叼来一条小鱼，放在雌性身旁。如果雌性经不住诱惑有所表示，雄性就会抓住机会，大献殷勤。如果雌性吃了小鱼，他们便开始比翼齐飞。雌翠鸟的择偶标准非常严格，雄鸟必须有勇猛的斗志和提供食物的本事，才能打开雌鸟的心扉。一只雄鸟通常必须有能力打败两名竞争对手，还要辛苦地捕捉到几十条鱼献上之后，才能赢得爱人。

技能展示

猛禽的飞行技能对于他们的捕食至关重要，因此他们求爱是靠飞行技能来取胜的。雄性飞升到高空，突然头朝下疾速地俯冲下来，然后在接近地面的一刹那，又猛地倒转身子，直冲云天。如此反复几十次，以致近百次。当飞到极限高度时，则将头向后仰去贴近背部，一副神态自若的样子。直到雌性被雄性的深情和高超的飞行技能所打动，才会一同飞到空中，进行一系列的飞行绝技表演。

就人类的婚姻来说，房屋是一件大事。“房屋”，对于鸟儿来说，也是婚育前的一件大事。啄木鸟总是在雌性面前不停地啄洞，有时会连续啄出若干个洞穴，等待雌性一一验证，如果雌性满意便留下来开始装修，恩爱育雏。如果不满意则飞离，雄性只能懊恼地再去寻找新的雌性开始另一轮啄洞。

树枝示意

白琵鹭的求婚很特别，是雌鸟向雄鸟求婚。雌鸟选择一个可以栖居的地方，口衔一根小树枝，向着附近的雄鸟挥动。雄鸟飞过来，在雌鸟身旁蹲下。雌鸟相中了，就会让雄鸟待在身边，否则就会挥动树枝，将其赶走，然后继续挥动树枝选择伴侣。

歌喉舞姿

有许多种鸟类能歌善舞。因此，在鸟类求婚期间，雄鸟鸣啭起舞，以求得雌鸟的青睐。

雄琴鸟在求爱之前，先清理出约一平方米的场子，然后驻足在树枝或岩石上，亮起歌喉，声音婉转清脆；接着，它飞落到那块场地上，载歌载舞，还高高地竖起尾羽，又缓缓地将尾羽倒向背部；最后用尾羽将头部掩盖，两翼间许多弓形的长羽毛，像银丝般闪闪发光。雄鸟的动情表演，使雌鸟心仪，于是鸣叫几声，飞落到雄鸟面前，缔结良缘。

极乐鸟能歌善舞，每到求婚季节，雄鸟总是悄悄地停落在雌鸟邻近的枝头上，低声歌唱。随着动听的歌声，他逐渐将身子向后仰去，直至倒挂在树枝上。这时，他抖开全身色彩斑斓的羽毛，轻轻摆动，犹如美丽的彩带，随风起舞。在表演过程中，他的一双眼睛一直盯着对方。如果没能打动对方的芳心，他就继续表演，直至得到雌鸟的首肯。

这样的故事年复一年地上演，我们的邻居们也重复着他们的恩爱与柔情。望着远处层峦叠嶂，心中泛起了美好的祝福，祝福这些自然的精灵们可以有越来越好的生存环境，可以一直与我们相伴相生。

4

驿站公园

我生活的城市是山西的省会——太原市。城市不是很大，有几处公园分布在城市的各个区域，供人们休闲娱乐。公园植被丰富，树木繁多，也是鸟儿们喜欢的地方。随着季节的更替，公园的鸟儿们轮换着在这里歌唱，觅食。缓解迁徙路上的疲惫，补充体能。

龙潭公园，是离我最近的。步行只需几分钟，也是我首选的观鸟之地。公园不大，绕行一圈三千步左右。公园有水，有岛，有林荫大道，亦有花间小径。公园有四季，四季便有不同的鸟儿们出场。

春天最先来到的是红胁蓝尾鸲和红喉姬鹟，每年在 5 月中旬路过休息，红胁蓝尾鸲大致会在这里停留 15 天左右，数量也不会多，在 10 只左右的样子，休息的地方也相对固定。总是在公园东北方向的一处假山之后，也许是这里相对安静，游人较少打扰的缘故吧。

红胁蓝尾鸲是一种主要为地栖性的鸟类，停歇时常上下摆尾是其显著特征。他的活动区域不大，刚接触的时候，总让我难以靠近，作细细打量。仿佛与我捉迷藏一般，往往是我围着灌木丛转圈，他在其中穿梭，我到这头，他去那头。偶尔碰头也是瞬间又躲藏。后来我学会了静坐在那里观察。这样的静坐反而会让他们慢慢忽略我的存在，有些时候甚至会跳跃到我的脚边。雌鸟胆子要大一些，会来到我的周围跳上跳下地觅食，有时他们会飞到正在盛开的花上捕捉采蜜的虫子，与花儿便相互呼应，成就了镜头中唯美的画面。有时还会飞起在空中扑杀路过的甲虫，姿势轻盈而不失美丽。而雄鸟相对警觉，总在较

远的地方。他除了觅食外，也会跳上枝头亮起歌喉，叫声为单音或双轻音的 chuck。这是他呼唤雌鸟的歌声，有时轻柔有时清亮，仿佛在诉说他骄傲的身姿和温柔的性格。每次歌声响起，便会有一只雌鸟来到近处聆听。而这时的歌声就会越发的婉转动听，我观察到每次这个小群体中总是只有一两只雄鸟，而大多数是雌鸟。所以雄鸟的歌声就会时常更换着听众。总会有一只雌鸟被他的歌喉所打动，然后便开始形影不离。

红喉姬鹟也是这一处的过客，他和红胁蓝尾鸲几乎同时来到。红喉姬鹟停留 40 天左右，相对较长一些。但我还是没有观察到他们在这里育雏的行为，也只能判断他们把这里作为了迁徙路上的驿站。我每到这个时间总会来到这里，仿佛是赴我们的年度约会。他来，我来。总是如约而至，从不爽约。

他和红胁蓝尾鸲习性几乎相同。只是个体相对较小，少了那抹靓丽的蓝，却多了一点红色在其喉部，其实这是他进入繁殖期的特征。他的性格要活跃得多，每次一进入公园你第一时间听到的就是他沙哑的歌声，音节单调，但连续性很强，有时也会唱起婉转的歌声来吸引雌鸟的爱慕。找他的踪迹也就可以循着歌声而去，同时就会看到他在欢喜地将尾散开轻轻地上下摆动。尤其喜欢他偶尔落在细细的红色水柳枝上，背后有绿色的草地，白色的野花映衬。这样的一幕记录在镜头里便是无可挑剔的美丽。有时他也会登上高一些的松枝，俏俏地站在那里，光影勾画出轮廓。给人以温馨的感受，由不得你忽视。

午后，不远处假山上总有健身的老人在呼喊着整齐的口号，做着统一的动作。他们便会好奇地飞过去从树丛的缝隙中窥视

一番，眨动着圆圆的眼睛充满好奇地打量。不知人们的这些喊声与动作在他们的眼里会是一种怎样的仪式感，我们是难以知道的。

相聚的时间总是过得很快，忽然他们就都飞走了。飞去更远的北方寻找出生的地方，去继续爱的延续，我望着那些熟悉的草木，想着昨日他们灵动的身影，有些无奈地笑了。他们的到来对于公园是过客，而我的存在是否又是他们生命里的过客呢？他们有着自己的日出日落，无关乎我的记录。有一段相邻而居的日子已经是可以欣慰了。

公园的中间有一处半岛，四周临水，岛上居住了公园圈养的一些斑嘴鸭与绿头鸭。岛的一边有种植的荷花，一对普通翠鸟夫妇归来时选择了这里度过整个夏天。

普通翠鸟是一种上体金属浅蓝绿色，体羽艳丽而具光泽的小鸟，习性胆小。一般多停息在河边树桩和岩石上，有时也在临近湖边小树的低枝上停息。经常长时间一动不动地注视着水面，一见水中鱼虾，立即以极为迅速而凶猛的姿势扎入水中用嘴捕取。有时亦鼓动两翼悬浮于空中，低头注视着水面，见有食物即刻直扎入水中，很快捕获而去。

他在我生活的城市算是一种比较常见的鸟，每当夏季的水边经常可以看到他的影子，即使他是静止地停留在某个地方，我也是远远地就可以发现。其原因就是他华丽的色彩总是可以在环境中凸显。又或在他沿水面低空飞行时，虽然飞行速度甚快，但他边飞边叫的习惯也总是让我可以随着鸟声追寻到他的踪迹。

我连续观察几天，发现他更喜欢停留在岛边那处荷花池。于是，选择了一处理想的机位架设了伪装帐篷。距离他经常活动的区域只有不到十米，这样我就可以清晰观察到他的一举一动了。一开始他对于帐篷的出现还是有所警觉，睁着那双大大的眼睛揣测着我的企图。我看出了他的疑虑重重，他亮着连续的哨音在帐篷的周围穿梭飞行，不安地侦查。偶尔停留时便选择较远的地方，并且落下的时间很短。我静静地留在帐篷内，尽量不让自己发出一些声音。我们就这样僵持大概有两三天的时间，他终于习惯了这样的局面。甚至有时会落到我无法聚焦的近处，我其实明白他是知道我的存在的，只是默许了而已。

翠鸟的生活在我的注视下于公园的一角慢慢叙述着，偶尔也会有好奇的游客站在旁边观看。但我实在无心去解释更多，好在他们的好奇心也就在我一声“拍鸟”的回答下而离去。我们就这样相伴了近一个多月的时间，他们从一开始的相恋，雄鸟用鱼来讨好雌鸟，到小树枝上亲密我都历历在目。后来他们的小宝贝开始出巢，妈妈带着他们开始练习捕鱼。我都是最忠实的观众。

龙潭公园是以种植海棠花为特色的，每到春天，各种颜色的海棠花争相斗艳。有花就一定有果，而这些浆果也会吸引喜欢这些食物的鸟儿。比如灰椋鸟、太平鸟、赤颈鸫都是这些海棠果的喜爱者。初识太平鸟是在朋友的博客上，他身着灰衣，头顶有神气的簇状羽冠，尾部和翅尖的亮黄点缀得恰到好处。然后便查阅相关资料，得知他应该在冬季的时候活动在山西。再外出拍鸟时便留意着这种心仪的美丽。时间进入 2003 年的元月，我偶尔去公园散步，忽然一阵阵“叮铃铃，叮铃铃”悦耳的鸟鸣让我心中激动。我知道一定是有新的鸟种来到了这里。顺着声音寻觅，头顶高高的杨树顶端竟然落满了鸟儿。等候不多时，有几只便落在了身边较矮的一些天目琼花枝椏上，啄食着鲜红的果实。我急忙仔细辨认，原来竟然是心仪已久的太平鸟，望着他们憨厚敦实的样子，我有些欣喜若狂的激动。当时天色已晚，不一会儿他们便集体飞向落日的方向，消失在群楼的后面。

第二天，我早早带了设备来到这棵树下，远远的就听到了他们悦耳的歌声。我选择了把设备安放在天目琼花的边上，望着那些在初升太阳照耀下的红色果实，心中幻想着太平鸟在其中曼舞的画面。也就是等了几分钟的样子，一只太平鸟就飞入了画面，紧接着便是几十只的降落。他们各自选取着果实较多

的树枝，尽情地吞食起来。还有一些飞入了不远处的海棠树上。我无暇顾及那边的故事，专注于眼前的精彩。他们有些站在高处的地方，或伸长了身体探取着，有些站在树的低处那些因挂满果实而垂落的枝桠上，弯曲着脖颈去吞食。有些调皮地煽动着翅膀，落在纤细的树枝尽头，舞动着探取另一个枝头的果实。更有的贪食，还不等前一颗果儿落肚便又叼取了另一颗，结果是来不及吞咽便掉下树去，引得下面一只急速飞下企图追吞到嘴中。也就是两分钟的时间，轰然一声他们便一起又飞上了杨树的高处。歌声也同时又唱响起来。观察了一个上午，他们总是这样间隔五到十分钟便飞下来饱餐一顿。有时也会集体起飞，在公园的上空盘旋。但你不需要着急，也许他们在别处的海棠树啄食一阵，还会回到这里，因为我感觉到了他们更喜欢天目琼花的果实。

一个冬天，公园因为有了这样悦耳的歌声，显得不再那么寂寥。而我因为他们的陪伴也多了许多会心的微笑。我大概数了一下太平鸟的数量，他们竟然有几百只之多。我来得多了，公园里经常来的游人也熟络起来，他们也通过我知道了这些叫声好听、长得好看的鸟儿的名字。每次一进公园，他们就会告知我今天的太平鸟落在哪个方向。

下雪了，我急忙整理好装备。和我想象的一样，他们在雪中依然可以自在地飞翔。偶尔落在干净的一个树枝上，身边雪花曼舞，他在那里傲雪站立，这样的画面是难得的记忆。有鸟陪伴的日子总是过得很快，不知不觉海棠花已经在含苞待放。已经是四月，他们应该回到遥远的北方了。天目琼花的果实早已被他们吃光，好在这里有着很多的海棠果还落在树下。这时的太平鸟是需要落到树下才可以吃到果实，一个冬天的陪伴，他们已经和游人们熟悉，也不再担心会有谁伤害他们。落下的时候不再那么紧张顾盼，时间也延长了许多许多，放心地尽可能多吃一些。很快就要长途飞行，他们努力积蓄更多的能量回到出生的地方。而留恋的脚步也让我可以捕捉到他们在春色中的俏立。

他们飞走了，游人们相互传说着。话语中流露出很多的遗憾，我望着北方的天空，虽然看不到他们离去的踪影，但我还是久久地看着。

公园环境不同，栖息的鸟类也有所差别。下一个我将去汾河湿地公园，那里是仿生状态较好的一处公园，沿汾河两岸分布。公园没有更多的装饰，只是规整了道路和一些小的区域，其他都保留了原生态环境。 公园有大面积的水域，有野生的灌木与芦苇丛，风起的时候来这里走动，那些摇曳的芦苇总是会给人一些遐思。即使是寒冬的时候，水域上也总会有一些苍鹭和大白鹭在偶尔融化的水边等待美食的鱼儿。水边的芦苇丛是棕头鸦雀的自在天地，他们总是集体活动，你可以追着叽叽喳喳的叫声看他们沿着水边巡游似的跳跃。稍远一些的灌木丛里一定会有山鹛偶尔跳出，睁着有些凶恶的眼，打量着那些总是叽叽喳喳的棕头鸦雀。燕雀显得比山鹛温柔了许多，总在一些树下的干草地上翻找着食物。偶尔，在初春的水面上，也会有大群的普通秋沙鸭停留觅食，他们声势浩大，或游动或沿水面飞行，都极为壮观。

我习惯是沿着河边先观察水鸟的变化，但视线很快被一些残雪中的燕雀吸引。他们大概有六只的样子，这是一种穿着黑、蓝、黄三色花衣的小鸟。悦耳的歌声由笛音的音节接长长的“zweee”声或下降的“du”声。他们对于我的到来没有表现出更多的警觉或热情，而是专注于他们自己的活动。偶尔看我实在靠得太近，也就是鸣叫一声，翻看我一眼，然后转到树丛的另一面而已。喜欢看他在带雪的树枝上停留，嘴边还挂着啄雪的痕迹，就那样把自己挂在树枝上，凝固成一幅水墨。也喜欢看到他们在向阳的草坡上驻足，仰着头沐浴阳光。按资料上记载，他应该是山西的冬候鸟。随着春的来临，他也会飞去遥远的北方。

继续向前，我来到了一处假山的背后。假山是石块堆砌而成，中间还有流动的溪水，忽然有一只小鸟急匆匆地躲进了石块的后面，从他那翘动的尾羽上我断定那是一只鹪鹩。我知道这种

鸟很不愿意和人类接近，也知道他短小的身材中蕴含着对于声音的好奇心。他的歌声与体态极不相符。事实上他唱出的歌声是非常洪亮的，衔接得非常完美并包含情感。仿佛是某种奇妙的回声结构相助，温暖着那些潮湿阴暗的山洞，他演唱的时候，我会想起带着颤音的银铃。他从不飞上高树，喜欢在低处轻快地在石块与树桩间跳跃，并且以怀疑的目光观察着所有入侵者。他对于我的出现无疑充满了十足的警惕。他是不喜爱炫耀的鸣禽，演唱时没有过多的前期作态，只是自然地抬起头，清理一下嗓子。然后，任歌声自然涌出。

我播放了以前录下的鹪鹩叫声。果然，随着声媒的播放，他从一处石头缝隙中露出贼溜溜的眼神打量着周围，警觉地四处查看。忽然我们的眼光对视起来，仅仅是一瞬，他便失去了踪影。几个回合下来，他终于耐不住好奇，跳跃着开始寻找声媒的来源。他是一只朴素的鸟，全身为褐色或灰色，和北方的冬天非常匹配。我变换着声媒的位置，他也变换着找寻的方向，短胖的模样一点都不影响其灵动的跳跃、飞行。尾部不停地轻

弹而上翘，仿佛向我炫耀着他的萌态。声媒藏在哪里，他就一定会寻到哪里。我把声媒藏在一棵开始腐朽的树根后，他便跳到树根的上面。我藏在冬藏的竹叶下，他便跃上竹枝。就这样我们玩耍了一个午后的时光，终于他也厌倦了寻找，我也在渐渐笼罩的夜幕中关掉了声音。

公园的冬天，山鹛也是一种常见的鸟儿。山鹛的叫声颇具特色，为极其嘹亮圆润的“啾——啾——”似猫叫而更嘹亮刚强，似狼嚎而更圆润悦耳。在这个公园，他无疑是当之无愧的歌唱家。

我第一次见到山鹛是一次大雪过后，感觉会有鸟儿因雪后食物匮乏容易拍摄。那时是开始观察鸟类不久，一些必备的雪地装备准备不足。虽然出发前特意去户外店买了专用的防寒冲锋衣，但却因为忽略了雪的厚度，在刚刚进入公园不久便觉登山鞋里面有雪进入。发现山鹛的地方是公园的一处旱地芦苇，可能以前是水滩的缘故，他们茂盛地生长在那里。周边都是厚厚的雪，我是第一个留下脚印的游客。远远发现芦苇丛的顶端有小鸟在飞落，我忍着鞋中的冰冷还是再一次踏入了积雪中。只见芦鹀在高处的顶端静卧或觅食。厚厚的冬羽让他们看起来有些笨笨的萌态。而山鹛则在芦苇的枝干上攀爬，我的到来一定惊扰了他，在用眼光狠狠地看了一下后便钻入芦苇深处。棕头鸦雀依旧是叽叽喳喳地飞来飞去，吵闹着在芦苇之间穿梭。一旦他们落在靠近外围的芦苇上时，便是飞离的前兆。最有趣的是居然发现了三只攀雀的雌鸟在此处逗留，这也是我至今唯一一次看到这种鸟的出现。脚下的冷意可能是麻木了又或是被这些精灵们精彩表演所忘记。我拍完了其他几种，便守在一处

山鹛容易出现的地方开始专心守候。

山鹛依然那样，每次出现只是短短的几秒。但随着我的坚持，频率越来越高地跳跃在我的视线中。那大大的眼睛也总盯着我的存在。他多数时候是在芦苇丛的雪面寻觅着散落的草籽，有时也会攀爬在一枝芦苇上剥离着苇皮，不时就会拿出那有些让人恐惧的眼神看一下我的举动。在晚些时候的山里，我见到过他们相恋时候的样子。那时，他们的身躯比现在看起来苗条了一些，雄鸟总喜欢站在高处的石头顶端或树枝上，唱着婉转的歌谣期待爱人的到来。一旦成功，他们便形影不离开始暖暖地依偎。

公园的春天相对总是来得较早一些，你突然就会发现昨天还肃穆的枝条一夜之间便有朵朵黄色的小花绽放开来。这就是迎春花的节奏，当其他的物种还在努力地孕育时她已然开始鲜艳地怒放在公园的各处。春天的到来，也迎来了一些鸟儿的变化。白头鹎、金翅雀是这里春夏季节的主角，而小太平鸟和红喉歌鸲、

黑尾腊嘴雀却是这里的过客。

白头鹎在我初观察鸟类的前几年是不常见的，但近些年却多了起来。不时还可以在路旁离地面不高的杂木林或树丛上看到他们的巢，听名字就可以想象到他的形象。他的叫声是略带沙哑的叽叽喳喳的颤鸣，简单而无韵律。每年的春天，如果见到一只白头翁单独站在突出的枝头或是树顶上高声歌唱，那一定是在唱着深情的恋歌。过不了多久，另一只白头翁飞过来，两只鸟一唱一和，那多半就是他们在互唱情歌了。

白头鹎最精彩的就是飞行中捕食，无论是从高些的树枝上还是低处的草坪间，他们总会一冲而起，在空中表演着华丽而又简洁的飞行技巧，高低左右，昆虫飞到哪里他们就会跟到哪里，忽然拔高与旋转的飞行是他们最爱的技能，很少看到他们有落空的时候。有时，树枝间会有蜘蛛织网，白头鹎总喜欢这些看起来有些恶心的家伙。他们会依赖着翅膀的敏捷调整身体，每次都可以让身体在粘到那讨厌的蛛网之前将蜘蛛捕获，尤其是在育雏期间，我注意到他们喂食幼鸟的食物中竟然有三分之一的食物是各种蜘蛛。也许是因为较容易捕食而个体又大的缘故吧。

金翅雀的飞行是他最美丽的绽放，飞行时双翅的亮黄色会在空中划过一道靓丽的残影，点亮你的双眼。当白头鹎在空中表演着捕食技巧的时候，金翅雀也在林间寻找着他的爱侣，在树冠层间飞来飞去，雄鸟围绕雌鸟炫耀，载飞载鸣，彼此相互追逐。

记得有一次在黄山脚下，天下着雨。我在雨中缓慢地驱车

漫游。路边电线上有一对金翅雀在雨中恩爱，他们互相为对方整理着雨中的毛发，偶尔还会用亲吻的方式来交流。当他们的嘴分开时，中间总是会牵扯着一丝亮色的雨线。仿佛在表述着他们的甜蜜。那时的我正因情感问题而彷徨，看着他们的恩爱，眼泪瞬间悄然而下。鸟儿的世界我不是很懂，但他们表现在我眼前的却都是那般的柔情与唯美。

回到眼前，他们的爱之舞还在枝头继续着。金翅雀整个夏天都会留在这个公园，直到夏秋交汇的时候他们才会集合起成百上千的队伍飞掠而去。在夏末的时候我也拍摄过他们，那是因为公园的边缘生长着一些刺儿菜，他们非常喜欢去啄食那些刺儿菜的花朵。因为那些枝桠太细小的缘故，他们无法完全站立在上面，一般都需要依赖翅膀来保持平衡。这样的机会对于拍摄来说是不应该放弃的。我专注地守着刺儿菜拍摄了一天的时间，也满足地欣赏了他们震动双翅的优美。

与小太平鸟的相遇纯属偶然，那时刚送走太平鸟。在公园寻鸟的过程中却听到了一些针叶松上传来那熟悉的叮铃声，我当时有些疑惑以为是晚归的太平鸟。但走近观察，却发现他们的外形虽然与太平鸟极其相似，但是翅尖与尾部的黄色换成了红色。我仔细端详了许久，发现他们的习性也与太平鸟类似,在柳树高处休息一会儿，就会飞到低一些的松树上或松树下的草地。但是目标都是松树上的暗绿色浆果。

回到家中，我急忙去对照图谱，才得知他们的名字叫小太平鸟。与太平鸟相比，只是那些红色与黄色的不同。他们越冬的地点大多在长江以南，而这个时候出现在公园是把这里作为北归路上的驿站来补充给养。大概只有一个星期的时间，我把握住了

这次的相遇。因为他们总会落在地上的缘故，我也改用了卧式拍摄，和太平鸟一样，我在公园与他们相聚的缘分只有这一次。不知道是怎样的原因，直到目前，以后的每一个冬春我都无法与他们再见。

小太平鸟走了，红喉歌鸲的歌声帮我驱散了一些遗憾。他们是与黑尾腊嘴雀一起回到公园的，不同的是红喉歌鸲总喜欢在地面的灌木丛中藏匿，而黑尾腊嘴雀却喜欢在高高的树梢炫耀。要说歌声，那一定是鸣禽类红喉歌鸲的优势，虽然羞于登上舞台但却是歌声悠扬婉转。而黑尾腊嘴雀只有单调的鸣叫，羞于在红喉歌鸲面前开口。他们都是这个公园的过客，也都是人类喜欢的笼养观赏鸟，红喉歌鸲是因为其修长挺拔的身材与歌喉而被笼养，黑尾蜡嘴雀却是因为其憨态可掬的模样而被关入笼中。

他们匆匆而来，悄然而去。当时间进入了夏季，公园的一切都因为太阳的炙烤而变得安静下来。鸟儿们都躲去了海

拔较高的一些凉爽之地。在这样的夏天也可以说是进入了山西观鸟的淡季，即使是有一些鸟儿还在早晚歌唱，但是浓密的树叶把他们隐藏得很好。在山西观鸟，一年之中春冬是最理想的季节。秋天也可以观察到一些迁徙的鸟儿。而夏季就是我们休息的季节了。

5

醒来的森林

森林是鸟儿的家园，我走进森林也是为了寻觅这些精灵们。初春的凌晨，只有4点半的时候，房东用当地方言喊着我们起床。这是吕梁山脉的一处森林，我们是为了拍摄一种难得一见的鸟而来。山林在这个时候还是被寒冷的冬霸占着迟迟不肯离去，我们穿上御寒的服装扛起了设备，在房东也是向导的带领下向着远山攀爬。凌晨的夜显得特别的黑，也特别的静，只有偶尔吹过的风。深一脚浅一脚的步履在越来越高的山路上逐渐显得吃力起来，房东主动帮我背起了一部分设备，我却没有感到丝毫的轻松。走了近一个小时后，天边开始有天光出现。一部分鸟儿也开始了晨起的啼鸣，那有些悠长深沉的是斑鸠的咕咕声，给这暗影朦胧的山林增添了几分恐怖的气氛。而那有些合唱感觉的细弱短促，似“Jie-jie-jing-jing-jing-jing”，有时为单纯的“Jing-jing……”，常连续多次很少变化的声音，便是银喉长尾山雀的歌声了。看着逐渐泛红的东方，房东开始催促我们的脚步；“要快点哦，不然上去的时候鸡不见了。”想象着那鸟的美丽，我不由加快了步伐。不到6点半的样子，我们终于来到了一处平台。房东忙着去投喂食物，我则坐在那里急急地喘着。

偶尔有一些大斑啄木鸟发出“咣咣咣……”的声音，我也无暇去顾及。稍作喘息，我急忙按照自己的想象寻找好机位隐蔽起来。不到十分钟的等待，那只目标鸟的叫声便隐约传来。沙哑的嗓音就像公鸭一样，“khwa-kha-kaak”或“kok-kok-kok…ko-kras”，逐渐清晰而靠近。我有些紧张起来，用力观望着他叫声传来的方向。忽然，不远处一块石头上发出

翅膀扇动的声音，同时伴随着高亢的粗狂叫声。他果然如约而至，一出场就挥动着双翅好像为我们鼓掌一般。这就是我们期待的鸟儿——勺鸡。

看他站在高处扇动着翅膀的样子，有几分威武。他一般只有在冬春交替的季节才会迁移到低洼的山坡和山脚的灌木丛中活动。一阵炫耀之后，他同时也看到了我们的存在。但是没有那么紧张地离去，也只是观望了一会便率领着妻女们向着向导抛撒的食物走去。我想，一定是他们已经习惯了向导的存在，不然以他的习性看到人类总是会急速隐匿起来的。也许，他也如前文提到的褐马鸡一般。人类与野生鸟类的相处其实并不难，只有我们多些爱心，不去伤害，几个月甚至于几天的耐心等待都会使他们接纳我们的存在。这一点在我八年的观鸟经历中无数次地得到了验证。

大概也就停留了十五分钟的样子，他没有像我想象的那样把食物都吃完才离去，只是吃了一些以后便再次返回了林中。听向导说，他们每天都是这样，即使来到这个地方觅食也只是匆忙来去。但是如果我们不来，也许他们一个上午都会待在这里。我很明白这个道理，毕竟对于他们来说我们还是太陌生了。

这个时间太阳刚好照进山林，银喉长尾山雀鸣叫着在枝头飞越。他们是这处森林的歌唱家，无时无刻不在炫耀着华丽的歌喉。他们是极活跃的，尤其是在这样的早晨。总是不停地从这个树枝跳到那个树枝，等你镜头追随而去时，他们却又飞去了前方的另一棵树上。我仔细观察了一会，便看清楚了他们活动的规律。他和棕头鸦雀有着一样的行为，会沿着一排树一棵一棵地扫掠过去。我找到了他们前方的一棵树，选好了几枝略微干净的树枝。等候着他们的到来，果然如愿捕获他们的身影。

他是 1758 年由林奈命名的鸟，体长一般在 10 至 12 厘米左右，尾的长度占了身体长度的一半；此时全身绒毛较厚，头顶黑色并有浅色纵纹。我曾在秦岭的一处山林看到过他们挤着过冬的样子，足有近百只在一棵树的几条树枝上静静地挤在一起抵御风雪的寒冷。

远处啄木鸟敲打树干的声音还在继续着，我望着远去的银喉长尾山雀扛起设备向着啄木鸟的方向寻去。等到了近处一些我看到那是一只大斑啄木鸟在树干上辛苦地敲打着，他上体主要为黑色，额、颊和耳羽白色，肩和翅上各有一块大的白斑。下腹和尾下覆羽鲜红色。这是一只雄鸟，炫耀着枕部靓丽的红色。

啄木鸟属的鸟类多在树干和粗枝上觅食。我藏在另一棵树后观察着，但还是惊动了他。好在他只是绕到了树干的后面藏匿起来，过了一会我又听到了他敲打树干的声音，知道他并没有飞走。当我再次看到他的时候，他飞到了左面的另一棵树上。一开始是落在树的底部，然后旋转着树干向上攀缘，用他那长长的喙不时地敲打着，有时会略作停留，那一定是发现树皮或树干内有昆虫，然后就会啄开树皮，用舌头探入树皮缝隙或从啄出的树洞内钩取食物。搜索完一棵树后他会飞向另一棵树，飞翔时两翅一开一闭，成高低起伏大波浪式前进。

3月末大斑啄木鸟开始发情了，一开始常用嘴猛烈敲击树干，发出“咣咣咣……”的连续声响，想着引诱异性。有时你也会看到三只（两雄一雌）在一起为争偶而打斗，彼此搅作一团，上下翻飞，边飞边叫，直到另一只雄鸟被赶走为止。啄木鸟每年都会啄出多个树洞，有的供藏身过夜，有的则用来繁殖育雏。而这时他们需要营造育雏的新房了，开始时，由雄鸟先啄洞，雌鸟站在旁边的树枝上。等洞有了雏形，便会飞过来检查一番，如果满意便会加入到啄洞的过程中，如果不满意则又飞回到树枝，等待雄鸟再一次选址啄洞。每个巢洞约需十五天来完成。雄鸟的选址一般选择在树心已腐朽的阔叶树树干上，有时也在粗的侧枝上。每年都要啄新洞，不用旧巢。

啄木鸟的啄击动作主要有两种：一种频率非常高，一秒钟

要敲打树干十几次，但每次的力度不大，这种动作通常跟找虫吃没啥关系，是在宣示领地或者求偶展示；另一种则是为了觅食或建巢，会非常用力地凿木，频率不快，但每次都竭尽全力，不啄出洞来誓不罢休。啄木鸟能倚仗啄木绝技混迹江湖，和它特殊的头部结构密不可分。啄木鸟的嘴就是它这台“钻木机”的优质钻头，它笔直，长度适中，粗壮且不笨拙，最重要的是十分坚硬。

据资料显示，啄木鸟的头骨质地异常坚硬，内部还有致密的蜂窝状结构，既是很好的外保护壳，又是有效的缓冲层；在头骨和脑之间有少量液体，减弱了脑部受到的震动；此外，它后颈部粗壮的肌肉，还有那绕过头骨一圈的舌软骨，都是很好的减震设施。纵然有了数层防震保障，他在行动时还是要万分小心：啄木鸟每次啄木，都会让嘴和树干表面垂直，这样所受的反作用力都会沿垂直方向传给头部，才能使得上述诸多安保措施发挥功效。否则，侧向的作用力同样容易使头部受到伤害。

鲜为人知的是，啄木鸟除了吃虫，浆果、坚果类的食物也占有很大比例。特别是在北方针叶林中，松子之类的食物有时甚至成为啄木鸟冬季的主粮。他们会在树干上凿出若干孔洞，然后将收集来的橡子一一塞进洞中，日后慢慢享用。这样的习性在松鸦和星鸦等鸟类中有着同样的方法。

我看过一篇报道："从 20 世纪八十年代起，内蒙古乌拉特前旗的农网防护林就被一种凶猛的昆虫——光肩星天牛侵袭，凡被这种天牛咬食过的树木均会出现大面积的枯死。为了保住这片宝贵的防沙林，人们尝试无数办法对付这种丑陋的六脚爬虫，但收效甚微。无意中林业工人发现了一种鸟类——大斑啄木鸟，能够完成这项对人类来说几乎不可能完成的任务。危急时刻，啄木鸟兵团倾巢出动，展开一场惊心动魄的鸟虫大战。最后终结光肩星天牛的不是新发现，也不是杀虫剂，而是大自然自身的力量。"所以啄木鸟类的鸟类又有着"森林医生"的雅称。

中午简单地啃食了一些干粮，我们依旧在林中寻觅着一些未知的领域。但整个下午的时间，除了偶尔见到大山雀和褐头山雀在跳动外，其他的鸟类都没有新的发现。

说到啄木鸟，我们不能不关注森林中的另一种啄木鸟——黑啄木鸟。黑啄木鸟体型非常大，雄鸟额、头顶至枕后面朱红色，羽冠亦为朱红色，是啄木鸟家族中最大的。他有着和大斑啄木鸟相同的习性，不同的是在他的食谱中蚂蚁占据了很大比例。我在这里想讲述给大家的是观察黑啄木鸟育雏中发生的一件惊心动魄的故事。

那是在稍晚一些的时候，在森林的一处路边的高坡上，住着一对黑啄木鸟夫妇。在我得到这个消息的时候他们已经在这里完成了四个季节的育雏。虽然每年都会啄出新的巢洞，但是都是在那几棵树上。由于怕在孵化期过多地干扰，我选择小鸟出壳后才进驻观察。这里相对于其他观鸟地点还是方便了很多，车可以开到很近的地方。巢的对面隔着一条小溪就是管护站的小屋，管护站的夫妇我们也熟悉。吃饭的问题可以很方便地解决。

2012 年的黑啄木鸟巢选址在一棵柳树上，离地约有 8 米的样子。我刚下车就看到了他那起伏飞来的黑影。找寻了一处理想的机位，利用另一棵树可以遮挡，我开始了连续几天的观察。由于小鸟需要大量的食物，他们夫妇总会忙碌地进出。对于我的存在有些视而不见。也就是在我第三天的观察中，被一阵愤怒的“kwee-kwee-kwee-kwee-kwee-kwee-kwee”的大叫声而吸引，只见黑啄木鸟妈妈不断地扇动着翅膀拍打着树枝，一副焦急的样子在树枝间上下跳动。我顺着她的目光望去，看到巢下方的树干上竟然正有一条近两米长的王锦蛇扭曲着爬向巢中。这时我有些茫然不知所措，听着妈妈凄厉的叫声爸爸也从对面的山林急急返回。但是面对如此巨大的敌人他们也只能是发出恐吓的叫声及在周边尽可能地干扰。我不知道洞中有几只幼鸟，但是昨天看到的是两个小脑袋在洞口张望。我拿起一些土块砸向蛇的上方，企图通过干扰让他知难而退。但没想到的是这竟然让啄木鸟夫妇以为我是针对他们投出的土块，竟然恨恨地开始转向我哀鸣。而蛇却依然向着巢中爬去，从蛇开始进洞到爬出，我留意了一下有近半个小时。洞的里面没有发出

任何声音，只有黑啄木鸟夫妇在树枝间不断地哀鸣。尤其是妈妈的表现，有几次都落在洞口试图驱逐蛇。但一切都显得那么无能为力，我不知道洞中是怎样的结构，如此庞大的蛇居然可以全部进入。我也不知道里面的孩子们是怎样的惊恐，面对如此强大的敌人。我不知道里面发生着怎样的残忍画面，但想着那些幼鸟这次是难逃一劫了。

终于，大蛇的头钻出了树洞，又扭曲着向下爬去。树上的夫妇大概也失去了勇气，只是站在那里偶尔发出一些哀鸣。过了大概有十几分钟，奇迹出现了。就在王锦蛇刚刚爬下地面不久，那两颗幼鸟的脑袋再一次露出了洞口。瞬间，爸爸妈妈飞掠在洞口周围，亲昵地亲吻着安然无恙的孩子。事情就这样结束了。我无法想象洞中发生的一切，这些幼鸟是如何逃过了死亡。但望着眼前他们用喙表达的一切，我也只能祈祷这样的惊险不再发生。随后的几天中，的确没有再看到那条王锦蛇的出现，孩子们也长大出巢。但是，以后的几年里，我却再也没有在这个树林发现他们来育雏。树上的巢洞就那样黑洞洞地寂寞在那里。

故事讲完了，心情一时难以平静。我知道这些都是自然界该有的故事，但还是想着可以少发生一些这样的意外，让鸟儿们尽可能地平安度过育雏的季节。

春天的森林随着更多的鸟儿归来，逐渐热闹起来。戴菊唱着纤细的歌声；画眉婉转着动人的歌喉；赤颈鸫也来了，虽说没有前者靓丽的歌声，但也急急地赶着这场森林的音乐会。

戴菊是种极小而好动的鸟，因为其头顶着一簇亮黄的羽毛而得名。他的出没让你难以清晰地看到，天生一身橄榄色的外衣，与喜欢栖息于此的松树浑然一体，一时很难从树枝间找到他的踪影。活泼的他无论是在飞行还是跳动中都会发出尖细的“zi~zi~zi”叫声，这样便有利于我循声觅影。每次他从别的地方鸣叫着飞来的时候，我便远远锁定。他在松树上跃动时，我预测了他会前进的方向。提前锁定，等到他一进入我预想的环境便可以及时在他跃向下一个树枝时捕捉到他灵动的身影。一个上午下来，我还是收获了几张姿态不错的影像。给野生鸟类拍摄，其实重要的不是现场快门的驱动。而是基于你对鸟类习性的了解程度，接近鸟儿的耐心。依赖前期了解到的知识做出合理的判断，发现鸟儿。靠着足够的耐心接近鸟儿，等到他进入合适的拍摄环境，收获理想的照片。这个过程无疑是一件辛苦但是极快乐的事情。

当戴菊在枝头与我周旋的时候，我总感觉脚下有一双眼睛在窥视着我们的行为。可是当我低头去寻觅的时候又无法看到，这种感觉一直伴随着我。当戴菊飞去的时候，我决定验证一下这一感觉。我趴伏在这些松树间的地上，不再走动。眼睛与耳朵都调动起来，果然，没有多久我就发现了那躲在树后的窥视。他是一只赤颈鸫。

赤颈鸫全长约 25 厘米。上衣是灰褐色，最具特色的是胸部与颈部染有红色。这是一种喜欢潜伏在山坡草地与灌木丛的隐士，他总是在地上散步或跳跃。不时会从枝杈间窥视周围发生的事情。去年的冬天在另一处山林看到过他们集群，他们那时是在一些天目琼花的树上啄食红色的浆果，难得欢悦地、鸣叫着在枝间舞动。有些滑稽的动作也可以偶尔看到，因为天目琼花的树枝比较纤细，果实又都长在枝头的顶端，细柔的枝桠总

是难以承受他们的体重，几次落上去时反而会压下树枝而无法吃到浆果。几次失败的尝试以后他们学会了站在一些可以承重的树枝上，尽可能地去伸长红红的脖颈来探取浆果，那个样子全然失去了在地上的矜持，看起来多少有些滑稽。

眼前的他对于我在近处的俯卧表现出了不置可否的神情，几次打探后便彻底卸去了警惕，悠然继续着他的节奏。或低头啄食，或迎着阳光抬起头深思。透过树枝的阳光恰好地烘托了画面的神秘。

我终于抵挡不住有些寒意的地面，随着我的站起他也失去了踪影。继续沿着林间小路行走，我来到了一个山村的周围。我知道鸟儿虽然看起来惧怕人类，但是在山林里，往往最多聚集鸟的地方一定是山村的周围，这里的人类活动给他们遗留了很多的食物。村子的左边是一些崖壁，站在这里刚好可以拍摄一些喜欢在树的顶端活动的鸟。山坡下不时传来悦耳活泼的清晰哨音，我仔细辨认，原来是画眉在歌唱。画眉是一种体型略小的棕褐色鹛，特征为白色的眼圈在眼后延伸成狭窄的眉纹（画眉的名称由此而来）。

据资料记载，画眉极善鸣啭，声音十分宏亮，尾音略似“mo-gi-yiu-”，因而古人称其叫声为“如意如意”。他多栖居在山丘灌丛和村落附近的灌木丛中，喜欢单独生活，性机敏胆怯、好隐匿。偶尔会站在树梢枝杈间鸣啭，引颈高歌，音韵多变、委婉动听，还善仿其他的鸟鸣声、兽叫声和虫鸣。正因为他歌声的唯美，也造就了其很强的趋声性，活动区域内一旦有其他鸟鸣，一定会引起他的兴趣，总会登上高枝展开歌喉，一较高低。

我找出了声媒中画眉的叫声开始播放，不多时他便从下面飞越而来。站在我安放声媒的地方开始寻找并歌唱，随着我调节声音的大小。他显得越来越兴奋，甚至对于我的靠近都毫不在乎。只是专注于声媒发出的歌声。我无法听出他们的对话内容，也无法听懂他们的歌声含义。但在这黄昏的山林，可以欣赏到如此美妙的自然之音，无疑便是一种幸福。

随着六月的来临，林中的邻居们又归来了许多。黄腹山雀和绿背山雀是相伴而来的近亲，他们的到来让山林多了一些精巧的灵动。八哥也来了，学舌着各种邻里的闲言碎语，也时刻准备着与画眉比试歌喉。而阿穆尔隼的到来让山林多少安静了一会儿，那是因为他相对巨大的身影吧。当他们看清楚巨大的身影并不是凶恶的天敌后便又开始自由地歌舞，而阿穆尔隼总是站在最高的地方欣赏着这和谐美好的一切。

黄腹山雀，他们是中国特产鸟类，在山雀家族中是少有的“夫妻”双栖双飞鸟，可以说是山雀中的爱情鸟。这个季节他们出现在我的眼前总是成双成对的，雄鸟穿着黑色的上衣，偶尔漂染着一些蓝灰色。下身穿着黄色的裤装。雌鸟上衣为灰绿色，下身为淡黄带绿色。 我站在树下，只要我没有大的动作。他们总喜欢在我周围的枝头炫耀自己的特技动作，左面的会倒挂瞭望，右面的就会攀枝凝视。从清晨到落日，你不会看到他们有

疲倦的时候。就这样在树枝间穿梭，鸣叫着。

绿背山雀往往是和黄腹山雀活动在同一棵树上的，但更喜欢在黄腹山雀的下面一些活动，有时会在树下的苔藓上漫步觅食。他们的样貌介乎于黄腹山雀和大山雀之间。有着黑色的帽子和领带，这是与大山雀极为相似的地方，但又有着绿色的马甲与黄色的裤装，这又像极了黄腹山雀。他们的性情与黄腹山雀极为相似，一天到晚总会不停地跳动与觅食。

八哥的歌声总是可以压制各种鸟鸣，他与画眉一个在低处一个在高处婉转着整个山林。八哥是一位绅士，喜欢穿着黑色的外套，前额有长而竖直的羽簇装饰，在双翅的两端点缀了白色的绢帕。当他飞去的时候，整个看起来像是一个八字，而得名八哥。

他是鸟类中的歌唱家，有着极美的音色和善变的歌喉，除了唱着原创的歌曲，还善于模仿邻居们的歌声。有些会被人养起来，加以调教

还会发出人类的声音。

鸟儿的歌声是森林的美妙音乐，你听着这些鸣叫丝毫不会感到他们破坏了森林的安静，反而烘托了森林的幽静。阿穆尔隼是这些合唱的欣赏者，他站在高高的树尖，显得有些孤傲。这是因为他的样子对于邻居们来说，充满了恐怖。阿穆尔隼是隼科隼属的鸟类，属于猛禽。

阿穆尔隼是一种具有巨大迁徙能量的小鹰，亦是地球上最为靓丽的猛禽之一。体重仅一百多克的阿穆尔隼每年两次往返于亚洲东北地区与南非之间。虽有研究表明成功迁徙者不及三成，可他们依然奋勇往来、生生不息。

阿穆尔隼的名称得于其主要繁殖区。阿穆尔是西方人（最初是俄罗斯人）对黑龙江的称谓，因为最初以之定名的模式标本来自阿穆尔上游的蒙古高原地区，所以这种隼就被命名为阿穆尔隼。他虽然长着隼科的外形，却基本不具有其他隼科鸟类捕食小鸟的能力。翻开《中国鸟类野外手册》，马敬能先生描述其在“黄昏后捕食昆虫”。在其他权威性研究资料中也能看到类似描述，如《印度野鸟》中提及阿穆尔隼的食性时是“悬停和在地面捕捉昆虫”。曾有猛禽食性的研究表示，在解剖过大量阿穆尔隼后发现，在其胃中发现“蝗虫、蚱蜢、蝼蛄、螽斯、螳螂、扣甲、金龟子等昆虫”。

我行走在山林中常见的小溪边，每到近午的时候，鸟儿们总是喜欢来到水边进行洗浴。我正在选择合适机位的时候，忽然发现前方不远处的溪中一只阿穆尔隼正在翻动着水花洗澡。他先是将身体浸泡在水中，摇动着双翅将水浸满全身，然后又

将头部浸入水中晃动着。也许是我的到来干扰了他，他匆忙结束了洗浴飞向对岸的灌木丛上，有些不满意地看了我几眼，因为中间隔着溪水的缘故吧，他没再飞走。而是迎着我伸展了双翅，快速地抖动着身上的水花。瞬间，那些水花雾状布满了四周，在逆光下竟然有彩色的折射。可能是意识到我的关注，他竟然调皮地向着我翘起了散开的尾羽炫耀一番，然后返身飞向了天空。

“一条横贯乡野的电线，两只阿穆尔隼，还有一支耐心聚焦的镜头成就了这样的画面。也许是脚下的电流忽然增大吧，两只隼在空中演绎起高难度的爱情生活。大自然的放纵，原始的本能，和谐的旋律就这样在旷野飘荡。”这是我在博客记录的阿穆尔隼交尾。那次记录是一次偶然的相遇，当时我已经结束了山林的拍摄，开车转过山路的一处弯道。突然发现了落在电线上的阿穆尔隼，又恰好有落日的余辉照在其中自认为是雄鸟的身上（因为其羽色较另一只比较鲜艳，事后再查阅资料才知道阿穆尔隼的雌鸟羽色鲜艳过雄鸟），在暗色的山体映衬下十分的抢眼。我便在车内聚焦拍摄，几乎是在我驱动快门的同时，眼睛的余光发现了令人惊喜的一幕。另一只忽然飞到了我已聚焦的鸟儿背上，没有过多地去想，快门便在连续的声响中记录了这仅有三秒的故事。那些晚霞让他们充满了浓浓爱意，望着相机中的成果，我满意地踏上归途。

森林随着夜色的袭来恢复了暂时的寂静，鸟儿们也早早进入了梦乡。望着车窗外掠过的树木，心中感激着他们的存在为鸟儿提供了庇护的天堂。鸟儿们因为森林的存在多了些许快乐的世界，可以在这里愉快地生活，欢唱。

6

灵动的溪流

我生活的城市位于一个大的盆地中间，四周多山。一些不知名的小溪纵横其间，滋润着干枯的大地，同时也吸引着离不开水的鸟儿们在这里欢悦。其中我去得最多的就是位于城市北边不到八十公里的一处，那里终年有溪水流过，即使是很冷的冬天也会有潺潺流水在冰下涌动。还会不时地涌出冰面，延伸着生命的活力。鹮嘴鹬是常年留守在这里的鸟类之一。

鹮嘴鹬，是一种灰、黑及白色的鹬。长着红色的腿及弯弯向下、红色、长长的嘴，这是他们最容易识别的特征。还总喜欢系着一道黑色的围巾将灰色的上胸与其白色的下部隔开。他是一种极为机警的鸟，如果没有好的伪装很难靠近。但是对车的靠近表现得很是宽容。他的体色和环境中的石块和溪水很是融合，需要站在一些高处仔细地辨认，找到他喜欢活动的区域。他更多的时候喜欢站在这里等待水将食物带到嘴边。去得久了，我还是熟悉了他喜欢停留的一些地段。这样就可以把车等在那里，静静欣赏他的行为举止。

冬季的时候由于水域大部分是结着冰的，一些小部分的开

放地段便是他们必需的活动区域。我们可以较容易地找到他在冰水之间觅食。这是一个冬日的清晨，空气中弥漫着冷冷的味道，偶尔会飘来一些湿湿的气息，那是溪水特有的气味。每当闻到这些空气中鲜冷的感觉，我的大脑瞬间便会清晰起来。现代文明夺走了我们对气味的敏感性，过多的城市生活和化学废气代替了自然中的水、土及万物生长的味道。据资料记载，原始部落的人具有用鼻子闻出天气变化的功能。但现在的我们却很难闻一闻空气便感知天气的变化，更别说花在哪里开放，动物在哪里活动。我们不得不悲哀地意识到这种退化，包括我们的视觉、味觉等等都在退化着，这些都让我们不能全然享受户外的生活。

我站在一处高台，努力呼吸着那些湿润，辨识着其中微量的水草气息的方向。然后驱车下到一处乱石的低洼，这是一处很小的冰面，冰面的中间有些裸露的浅水，被绿色的苔藓覆盖着。这时正有一对鹮嘴鹬漫步在其中。我尽量用最慢的速度靠近，但发动机的声音还是惊动了他们。双双注视着我的靠近，打量着这个会响的盒子。我蜷缩着尽量不让身体过多地暴露，等待着他们失去警觉。雄鸟还是有些不放心地飞上了天空，鸣叫着观望。确实这样的距离也就十米不到，让他们对安全有心理压力，我静伏在车里只凭听力留意着他们的动静。终于，那伴随着飞行响亮而快速的 tee-tee-tee-tee 叫声停息了。又过了两分钟的样子，我缓慢地坐直了身体，他们不再注视着这里，而是留在了冰面的中间靠远一点的地方。我急忙关掉了发动机的低吟，继续等待着他们的适应。终于，雄鸟不再紧张地在冰面踱步，而雌鸟也低头在水中觅食。雄鸟不时会靠近雌鸟围绕着舞动，而雌鸟大多数时间会视而不见地低着头。只是，偶尔会多情地注视着雄鸟的转动。而这时的雄鸟便会拿出最器宇轩昂的舞姿，并且还会用身体不时地靠在雌鸟身上，似乎有些挑逗的感觉。我观察着他们的亲密行为，也期待着接下来的爱情上演。可我还是没有等到那一幕，近两个小时，他们这样重复着亲昵的行为。直到有一只牧羊狗的出现，他们才双双飞去。午饭后，我再次回到这里，但没见到他们的踪迹。随后的几天都是这样，只有那些冰在阳光下泛着冷冷的光。

在近一个月以后不远处的溪水间，我还是看到了他们。那时，他们亲昵地用嘴戏水触碰，然后便开始交尾，但只是瞬间便分开。我都没有意识到拍摄，雄鸟已经跳在不远处开始沐浴。我没有惊动他们，经验告诉我锁定雌鸟应该还会有希望拍到，几分钟后他们便再一次开始激情，短短的不到十分钟的时间，他们进行了三次这样的行为。每一次结束雄鸟都会去洗浴一番，不久他们带着激情过后的满足飞走了。我再见到他们的时候却没有了双双对对的身影，都是一只在忙碌地觅食，我知道，另一只一定是在巢中孵化了。

又过去了一个多月，我又遇到了他们带着幼鸟在散步。但我只可以远远地观察，离得稍微近些，亲鸟便会发出急厉的叫声飞过来驱赶。而那些幼鸟瞬间便藏匿于乱石之间难以寻觅，几次尝试去拍摄幼鸟的可爱，但每一次都以失败而告终。我选择了放弃打扰，因为实在不忍再听到亲鸟凄厉的叫声在耳边响起。更多的时候会远远地用望远镜分享着他们的天伦之乐。可就在一天的观察中，一只猎隼的出现，让那种凄厉的叫声再一次响起。雄鸟依然还是强悍地试图去驱赶，但面对猎隼的强大只能试图诱离猎隼远离幼鸟的藏匿区域。我紧张地望着他们在空中的对抗，雄鸟不时会落在高处的石头上躲避猎隼的凶猛。但猎隼一旦转回，他便又勇敢地飞起，最后他们追逐到了树后失去了踪影。当第二天、第三天我再回来的时候，却只是见到雌鸟和幼鸟们，再没有听到雄鸟勇敢的鸣叫。第四天的时候，我步行沿溪水上行，却看到了一只鹮嘴鹬被残食的遗骨。他就那样静静地躺在那里，不再啼鸣。我无从判断这是否是那天战斗的结果，但是所有的迹象都表明了这一定是那位勇敢的父亲。他用生命的代价给了幼鸟们生存的希望，也给了这个种群延续的希望。我久久地站立，默默地用石块为他掩埋了残躯……

溪水依然在流淌着，鹮嘴鹬依然还在这里延续着新的故事。同样喜欢在石头上跳跃的红尾水鸲进入了我的视线。

红尾水驹是一种身穿深色上衣，下身裙装的小型鸟类。雄鸟色彩较深，近黑色的上装，红色的裙装。雌鸟近灰色的上衣，白色的裙装。他们共同的特征就是喜欢炫耀着美丽的裙摆，站在那里打开成扇状，并左右来回摆动。

早在 2010 年的时候我就专门拍摄过他们的精彩，那是从婺源回来的路上，接到鸟友的电话说他正在拍摄红尾水鸲，环境

极好。我便急急拐了过去。也是一条小溪的边上，溪水上有废弃的石板桥。友人每天用食物投喂于石板桥上已半月有余，终于可以看到鸟儿们习惯了来这里觅食。其中有褐河乌、红尾水鸲、白顶溪鸲。但最活跃的还是红尾水鸲。

我赶到的第一天，只看到一只红尾水鸲的雄鸟偶尔会来到投食地，但觅食的行为很少，大多数时间是在桥边“吱－吱”地唱着单调清脆的歌声，仿佛可以听出些许的寂寞。友人玩笑说，这只雄鸟失恋了，爱人被另一只雄鸟带走，他正伤心呢。虽说是玩笑，但在随后的几天得到了验证，他每天重复的歌声还是吸引到了一只雌鸟的到来，看到雄鸟脚下丰富的食物便不再飞走，开始他们的恋曲。接下来的几天便可以看到雄鸟精神焕发，每天早早便来到桥边等待着我们来投食。也会第一时间发出呼唤雌鸟的叫声，然后才开始一起享用着美食。

眼前的他们已经开始带着孩子出没，你会经常看到孩子老实地待在一块石头上，等待着父母带回食物来喂食。爸爸妈妈轮流着掠过水面急急地往返，回来时孩子们便张了大大的嘴等待着。极温馨的就是这幅画面了，甚至会让旁边的邻居们羡慕观看。白腰草鹬便是其中的一位。他喜欢待在溪水中游荡，总是在红尾水驹站着的石头边巡游。不时地便会看着石头上的温馨一幕。

白腰草鹬，多以一对或单只的形式出现在我们的视线里，偶尔相遇在岸边，便开始快速地奔走。离开一段距离后会歪着脑袋观察。如果我不再靠近，他便低头觅食。当我试图再接近时，他往往会选择一些自认为可以让我看不到的地方蜷缩起来，紧张地观察我的举动。我尝试着继续走近，他则会毫不犹豫地伴随着“啾哩－啾哩”的鸣叫突然飞去。喜欢看他的飞行，低低地掠过水面。速度极快，时而会有倒影相随。尤其是漂亮的转身或折返，让我目不暇接。多次用镜头试图捕捉这完美的飞行表演，但成功的机率的确让我有些沮丧。面对他们的飞行技巧，我实在是显得笨拙无比。他在粼粼如波纹的水面横掠着，翼尖偶而会沾水面一下，那小圆晕便一圈一圈地荡漾开去。仿佛激荡着我羡慕的思维。其实我们也是可以飞翔的，那就是意念的飞翔。我们一直在追求着真正自由和高贵的飞翔。在蔚蓝的天空，我们驱动良知和理性的翅膀在阳光下翱翔，让我们每一个渺小的个体心灵，在深深的忧患中满怀对未来的信心。

在羡慕的眼光中，绝不会只有我们的眼光，白胸苦恶鸟无疑也是其中的一位。他是不善长远距离飞行的，总是在芦苇或水草丛中潜行。偶尔穿越较开阔的地方时，也会匆忙地奔过，仿佛所有的邻居都会伤害到他一般。因为他的鸣声似“苦恶、苦恶”，清晰嘹亮，且常久鸣不息，反复重复这一单调的鸣声，直至整个晚上，所以得名。

因为他的机警和出没的诡秘，我很难观察到其更多的行为，每次偶尔地相遇，瞬间的对视便令他立刻藏匿起来。即便是耐心地等待，当他再出现时可能就是在远处的地方。这样的潜行是他的特长，仿佛也吻合于他名字的忧伤。只有一次，那是在马来西亚的一处草地。他终于较为大方地出现在我的镜头中，略有些气度地走过我的车前，虽然还是有些奔忙，但却着实让我看到他的全貌。

溪水在落日的余晖中泛出金色的光芒，那潺潺的流动极容易让人忘记时间。大多数的鸟儿在这个时间都会亮起今天最后的歌声，迎合着这温馨的画面。在所有的歌声中，那饱满似铃声的快速节拍一定是最嘹亮的优美歌声。这就是蓝喉歌鸲的歌唱。

这是一种因颏部、喉部的亮蓝色而又擅长歌唱而得名的小鸟。他有着与白胸苦恶鸟一样的习性，白天的时候多是藏匿于芦苇或矮灌丛下，飞行甚低，一般只作短距离飞翔。常欢快地跳跃，在地面奔走极快。而只有在黄昏的时候，他会站立于一些较显眼的位置，唱起溪流边最动听的歌曲，炫耀着他的蓝色与歌喉。拍摄他的美丽无疑这是一天之中最佳的机会。邻居们的歌声总会让他不屑地亮起歌喉，仿佛在演示最美的歌声一般，

这时他们会多少忽略我的存在，甚至有些故意等待我的欣赏。这个时候我是不会吝啬快门的驱动，总会让他的完美永远留在我的镜头中。

夜色笼罩了溪流，鸟儿们都寻找到了各自的地方去安睡了。月光下的溪水偶尔会折射出一些光芒，我也钻进了安放好的帐篷。这样的地方，我是可以安然入睡的，明早鸟儿们的晨曲会叫醒我去迎接全新的一天。

清晨，鸟儿们的歌声如约而至，我喜欢在这样的歌声中醒来。闻到的是泥土的芬芳，草地的清新，听到的是鸟儿的歌唱，这样的清晨在我的记忆中是幸福的时刻。比较城市里的辗转难眠与清晨汽车的嘈杂鸣叫是难得的奢侈。生活原本有很多的模式，我还是喜欢这样地醒来。身体的舒适与心灵的舒畅都是一种难得的状态。

当我从帐篷中向外看去，几只有着鲜黄色头饰的鸟儿唱着重复而有颤鸣的歌声，在不远的溪流中的石头上跳跃着。他们是黄头鹡鸰。稍远一点的小树上，有一只北红尾鸲在唱着尖细而清脆的“滴－滴－滴”的高音。左边稍宽一些的溪水中央，斑嘴鸭带着孩子们在安详地游动，偶尔会发出宏亮而清脆的男中音来呼唤着调皮游远的孩子们。

黄头鹡鸰是一种鹡鸰科的鸟类，他们的家族在山西常见的

有四种：黄头鹡鸰、黄鹡鸰、灰鹡鸰、白鹡鸰。近亲也有一种，山鹡鸰。其中家族内的四种会经常性地混群出现在同一条溪流，常沿水边小跑追捕食物。栖息时尾常上下摆动。而黄头鹡鸰以鲜黄色的头部为主要特征，在山西较其他三种略微少见。他们纤细的身姿总是让人联想到在水一方的窈窕淑女，而诗经中也的确有过对于鹡鸰这个种群的描述。《诗经·小雅·棠棣》："脊令在原，兄弟急难。每有良朋，况也求叹。"形容只要一只离群，其余的就都鸣叫起来，寻找同类。比喻漂泊异地的兄弟急待救援。延续到以后的文学作品中都以鹡鸰之情来喻兄弟之情，手足之谊。

清晨的溪水仿佛流淌得比平日欢快了许多，黄头鹡鸰在欢快地觅食。他们活动的范围不是很大，沿着溪流的岸边或水中的石头一路向下，等到了一定的地方便又折返向上。很少会离开我的视线。北红尾鸲也会落在他前行的方向，他们只是偶尔会看对方一眼。仿佛是很陌生又或是很熟悉，没有过多地示好

和敌对。我观察过许多鸟类的相处，除了鸦科类的，或者是食物链关联的种群外，他们都可以把对方的存在视为很正常的情况，相互没有过多的关注或打斗，但是育雏期除外。这样和睦相处的原因，我查阅了很多资料都不得要领。但是他们几乎都有一个共同的敌人，那就是我们人类。在我的观鸟经历中，每一种鸟对于人类的接近都存在着警惕和排斥心理。这与千百年来鸟类遭受人类的残害有着必然的关系，在鸟类的遗传基因里已经把人类树立为第一天敌。这样的结果对于很多人来说是一件悲哀的事情，也需要人类文明的高度发展来慢慢缓解鸟类对于我们的敌视。在许多发展中国家或者是我们有着宗教信仰的藏区，鸟儿和人的关系就和谐很多，拍摄鸟类相对会简单容易得多。

言归正处，此时在我的周围最悦耳的无疑是北红尾鸲的歌声。随着一阵“滴—滴—滴”的清脆歌声，枝叶间晃动了一下，一个美丽的身影跃上树枝。它毫不胆怯，在春日的晨光里毫不掩饰自己夺目耀眼的毛羽，站在那里享受着我的注目。

这时的北红尾鸲还穿着越冬羽衣，那深沉浓烈的色彩依然吸引着邻居们和我的目光。北红尾鸲在我生活的地方是一种色彩较为靓丽的鸟。雄鸟的头顶及后枕呈银灰色，眼睛周围、喉部、背部和两翼则是褐黑色，最让人记忆深刻的是黑色两翼上宽大的白色翼斑，色彩对比十分鲜明。他的腹部和尾部都有着鲜艳的橙红色，或许“红尾鸲”一名也正是由此而来。与雄鸟相比，雌性的北红尾鸲则显得素雅简洁，她的上体融合了橄榄绿与浅棕，在两翼间过渡为黑褐色，依然不变的是翅上还有着那一对特征性的白斑，尾部还是橙红色，不过较雄性的橙红色淡。

在随后一个多月的观察中，北红尾鸲强烈的领域意识给我留下了较深的印象。在繁殖期间若有别的红尾水鸲或其他有威胁的鸟类进入巢区，雌雄红尾鸲立刻飞至其跟前鸣叫不已，并不时发出“咕、咕、咕”的声音来驱赶，直到“不速之客”离开为止。我注意到在八十米的范围内从未有两窝同时繁殖。

开始孵卵时这一意识表现得更为强烈，孵卵全由雌鸟承担，雄鸟在巢附近警戒。有一次他发现了我在窥视，立刻警惕地变换警戒地点隐没于附近丛林中，我尝试着走至巢前，他突然从未知的地方飞出，紧紧跟随在我的身后和头顶鸣叫，并不时发出“咕、咕、咕”的愤怒声音，甚至有俯冲搏斗之势，望着他的愤怒我不得已快速离开，他才又安静地淹没在树丛中。而我的靠近却没有丝毫的收获，因为雌鸟在孵化期间的恋巢情结，特别是孵化后期，有时人到巢前都不会飞离。他们的生命就是这样延续着，弱小的身躯里藏着无比强大的信念。

随着太阳的升高，我结束了观看帐篷前黄头鹡鸰和北红尾鸲的表演。随着我走出帐篷，他们也都鸣叫着飞向溪流的对岸。而左边远处的斑嘴鸭也因为这些邻居的飞离而警觉起来，开始带着孩子们游向水边的草丛中。我的出现的确破坏了这清晨的安宁，但我相信他们会因为我的耐心而慢慢适应我的存在。

斑嘴鸭是属于鸭科类的水鸟，而这一科属的鸟儿对于人的出现极为敏感。每每开车经过，只要一停车，即使他们还在很远的对岸也会急急起飞。这其中的原因在国际水禽研究局的调查资料中是这样解释的：“斑嘴鸭是中国家鸭祖先之一，野生种群极为丰富，也是中国传统狩猎鸟类之一，每年都有大量的猎取量。由于过度猎取，加之生存条件恶化，致使种群数量日趋减少。”

斑嘴鸭妈妈带着孩子们的场景是极温馨的画面，为了记录，我决定把帐篷移到他们经常活动的水边，在那里过夜虽然不是一个安全的选择，但是应该可以拍摄到有趣的画面。等到第二天的清晨，我依旧在鸟儿们的歌唱中醒来。缓缓起身，窥视着外面的水域，果然看到他们正在水中嬉戏着游动。鸭妈妈的身后排起长长的队伍，鸭宝宝像一个个毛茸茸的小球紧紧跟着妈妈在嬉戏。妈妈发现食物时便会发出轻柔的呼唤，宝宝们很快就涌来捕食。不时也会有个别淘气的小家伙离开队伍嬉戏，而

妈妈就会不时地提醒着呼唤他们归队。周围的安全气氛偶尔也会让鸭妈妈放松对孩子的看管，悠闲地梳洗装扮一番。而这时的宝宝们就会在周围相互打闹游戏。望着眼前这暖暖的一幕，我连驱动快门都尽量放缓了速度，唯恐扰到他们的安宁。

连续多天的野外观察使我的身体开始抗议，我收拾起行囊回家做短暂的休整。而在往返的一处溪流边的石头上，就在公路的旁边，白顶䳭准时等候着我的到来，其实是他们的巢每年都建在这里。就如蓝矶鸫也是这样，他们也总在山涧的溪流边的崖壁上筑巢繁殖。而溪流就是他们觅食的理想之处。

白顶䳭是一种羽色上黑白分明的鸟，雄鸟尤为明显，雌鸟与雄鸟羽色区别较大。每到 5 月，他们会准时出现在我经过的地方，那里溪流和公路的中间有着几块浅灰色的大石。他们便站在高高的石头尖上，仿佛翘首与我的相约。每次经过这里我总会提前减速缓缓靠近，而他们对于我的到来没有太多的表示。雄鸟会冲向高空，盘旋着鸣唱，然后突然俯冲回石尖。挺直了身姿，上下摇动尾羽。雌鸟有趣的是她在育雏期的觅食：她每次总是把石头作为食物的暂时中转处，捕获到一条昆虫时便杀死寄放在石头的凹处，待有六七条之多时再重新叼到嘴里，飞去巢中喂食。她的这一行为在不远处的蓝矶鸫身上也有体现。这一行为足以证明鸟类的思维能力，他们

能够计算着育雏的效率和每次回巢需要耗费的热量。这样的行为可以在耗费热量的同时喂食更多的幼鸟，我在观察猛禽类的捕食时也有过同样的思考。他们每一次出击都会计算捕获猎物的热量是否大于因为捕食而消耗的热量。否则，便会放弃一些付出与收获不对等的食物。

白顶鵖夫妇的表演依旧在溪流的上空持续着，而我的观察对象换成了蓝矶鸫。蓝矶鸫也是因其色彩而得名的鸟类。主要体现在雄鸟的羽色上。雄鸟上体几乎纯蓝色，两翅和尾近黑色，下体前蓝后栗红色。他喜欢在有溪流的岩石处活动，把巢建在高高的崖壁上。最精彩的是空中捕食，当发现有飞虫经过，他们便尽速拦截，在空中凭借高超的飞行技巧捕获食物再落回原处继续等待。

溪水边的邻居们欢唱着春天的乐章，而金斑鸻是居民里出现最短暂的过客。他们只在春秋两季的迁徙时路过，因为溪流的蔓延有了一处小块湿地的环境，他们选择这里作为补充给养

的驿站，过往的时间加起来也不会超过三周的时间。而拍摄他们就成了我紧张的任务。

金斑鸻因身体密布金黄色斑而得名。一条白色带位于上下体之间极为醒目。他们停留的地方多为较开阔的草地或沼泽，我眼前因溪水无序横流而形成的半沼泽湿地就是他们喜欢的地方。但是这样的地方却不利于靠近和拍摄，他们在旅途中的警觉性又高于栖息地，并且多群居，每当我靠近总会有哨兵鸣叫而起飞，接着便是整个群体的齐飞。虽然每次不会飞出视线，却让拍摄成为一件有难度的挑战。

接近鸟类大多数时候需要时间的积累，靠着极大的耐心来换取他们的信任。但是对于金斑鸻这样的过客来说，我们却没有太多的时间。我远远地观察着他们，找寻着可能的各种方案，终于发现只要人的靠近是有节制的慢速运动，他们会边觅食边走向你靠近的另一个方向。只要保持着相对的安全距离他们就不会飞掠而去。我尝试着和同伴做了简单的配合，我潜伏于湿地的另一端，俯卧在泥水中。而有着丰富经验的同伴缓步从另一端靠近，虽然我因俯卧泥水中而全身污浊，同伴的迂回靠近也因脚下的泥水而尽显狼狈，鞋袜衣裤都不可避免地沾满泥水。随着同伴不断地靠近，金斑鸻终于进入了我的拍摄范围。这样的配合就在愉悦的快门声中划上了完美的句号。

相对于金斑鸻的短暂停留，溪流边的黑喉石䳭算是这里居住时间最长的居民之一。从早春到晚秋几乎都可以看到他站在灌木枝头和小树顶枝上四处打量。黑喉石䳭分布比较广泛，在我的外出旅途中也会经常发现他的身影。无论是内蒙的草原还是北疆的戈壁，又或是温婉的江南，寒冷的雪域高原。他始终站在高处孤独地鸣叫。

黑喉石䳭因生活地域的不同分为三个亚种，外貌略有不同。但其习性却不会因外貌而改变，喜欢栖息的环境也都雷同。他们不喜欢进入茂密的森林，但频繁地见于林缘灌丛和疏林草地，以及林间沼泽、塔头草甸和低洼潮湿的道旁灌丛与地边草地上。觅食行为也都是遇飞虫或见到地面有昆虫活动时，则立即疾速飞往捕之，然后又返回原处。有时亦能鼓动着翅膀停留在空中，或做直上直下的垂直飞翔。

午后，阳光透过浓密的叶子，溪流在阳光的映射下变得灵动起来。光的作用把水影投射到溪边的树上和青草上，那水影就在树干和青草上流动，让我们恍惚间有了迷离与梦幻之感。

我选择溪水中的一块石头坐了下来，溪水在绕过石头的时候发出欢快的声响，水中也有一些青草，仿佛在这乐声中摇动着生长。间或会有几尾不知名的小鱼在青草中出没，自在而逍遥。但是当我看到不远处溪边守候的翠鸟，忽然有些为它们担心。我的目光落到远方，希望前面有我心仪的鸟儿，轻烟似的飞落在树上和溪边青草上。

随着太阳的西移，在溪水的淙淙声中，饱含树脂的幼芽在生长，水下的草长出水面，岸上青草越发繁茂。黑喉石䳭、北红尾鸲、红尾水鸲等各自落回溪水的边上，迎合着鸣叫着这里的春天。我走在溪水的中央向下游寻觅，看溪水惹动着一些嫩芽与新结的花蕾，花蕾在水面漾起波纹。脚下浸入的凉意让我有些兴奋。正如小溪的流淌，一会儿安静平稳，一会儿在花和晃动的影子间轻盈跳跃。

小溪从密林里流到空地上，水面在艳阳高照下开阔起来，明亮起来。可以看清楚水中那些像蜂房似的一片青蛙卵，已经相当成熟了，从一颗颗透明体里可以看到黑黑的蝌蚪。也是这水上，有许多几乎同跳蚤那样小的浅蓝色的苍蝇，贴着水面飞一会儿就落在水中。黄头鹡鸰便欢畅地在水面追逐着这些生命，踏起闪亮的水花。鹮嘴鹬却依然安静地守候在溪水湍急的转弯处，不时挥动那红色的长嘴结束着虫儿的生命。溪水周围的小水洼里长满了花草，斑嘴鸭和白胸苦恶鸟不时会从那里探出头来，点缀着绿色的孤寂。

此情此景我觉得再好不过了，我再不必匆匆赶到哪儿去了。我在树根之间坐了下来，紧靠在树干上，举目望那和煦的太阳。

7

幽静的河谷

我所居住的城市有一条河由北向南穿城而过，这就是我们山西的母亲河——汾河。汾河纵贯山西南北，幽静的河谷就是鸟儿们快乐的天堂，也是鸟儿们迁徙的重要通道。我沿着河谷巡游，几乎每年都会有新的惊喜发现，比如掉队的大鸨、迷路的白鹤。冬季的河谷经常笼罩在犹如薄纱的云雾中，在初升阳光的渲染下，闪耀出迷人的醉心色彩。而就在这迷雾中，鸟儿的歌声更是增添了许多神秘的气氛，让河谷凸显得更加幽静迷人。

白鹤是我在 2015 年的发现，也是我在山西首次记录到这个鸟种。一次偶然的相遇，我从河提上发现他的时候，他孤独地站在一棵树下。开始只以为是一只大白鹭，但他修长的身影却给我异样的感觉。我用望远镜再次仔细确认，的确是一只白鹤俏立在那里。有资料记载，白鹤的两条迁徙线路都没有经过山西的记录，我只能认定他是一只迷路的白鹤。

迷鸟，是指那些由于天气恶劣或者其他自然原因，偏离自身迁徙路线，出现在本不应该出现的区域的鸟类，往往以候鸟多见。这些鸟类之所以远离自己的分布区，可能是因狂风或其他气候条件导致的。这就是河谷给予我的惊喜。

白鹤成为濒危灭绝的动物之一，是由多方面因素导致的。但我们人类的干预及影响是最主要的因素。我们是否应该更理

智一些，明白我们最终需要的究竟是怎样的世界，当有一天只有人类孤独地生存在地球的时候，又是怎样的了无生趣。

眼前的他萧然地站立在那里，略有几分凄凉。他洁白的身体在初冬的风中似乎有些摇晃。红色的喙断去了一小节，可以想象到他在南飞的路途经历了怎样的艰险。带着伤痕迷失了方向，离开了家人，大风带着他漂泊到了本不应该来到的地方。

我的到来让她感觉到了危险，她有些无力地拖起红色的脚助跑着开始飞翔，那翅尖的黑色更是证明了她白鹤的身份。白鹤在迁徙季节和冬季常常集成数十只甚至上百只的大群，特别是在迁徙中途停息站和越冬地。可此时的她却无助地停留在陌生的河谷，身边没有亲人的啼鸣，只有变得越来越冷的风和河谷中一样孤独的树。我无法想象迷鸟最后的结局，望着她此时孤寂的影子，不知河谷是否能在短时间内给予她足够的能量，不知白云是否能够带着她找回迷失的方向，飞去那温暖的南方，回到家人的怀抱。对于她的遭遇，我的一切举措都会显得无能且无力。回到家中，我查阅了她的食谱。她的食物主要以苦草、眼子菜、苔草、荸荠等植物的茎和块根为食，也吃水生植物的叶、嫩芽和少量蚌、螺、软体动物、昆虫、甲壳动物等动物性食物。可这些东西我却无从去买到或找到。

随后近半个月的时间，我尽可能地抽出时间来观察她的状况，也提前和野保协会的朋友通了电话，说好一旦发现她状况不好便实施人工救援。我选择了凌晨的时候来看她，希望了解她如何度过一个又一个寒冷的夜，如何避开河谷里虎视眈眈的黑耳鸢、普通鵟的强悍，如何避开来河谷觅食的野狗的凶残，如何避开附近村庄里偶尔来寻猎的人们的贪婪。我寻觅着她的踪迹，终于发现她夜晚栖身的地方是河中的一块沙洲。面积不大，但那里四周有水围绕，有少许芦苇藏身，亦可在周边的水中觅食。看来她还是具备寻找安全场所的能力。当太阳驱散了晨雾的笼罩，她会飞到岸边的草地开始素食类的寻觅。

这样的相伴在第十六天后的清晨结束，我围绕着河谷两岸寻觅了水中、岸边、天空，都没有再看到她的踪迹。我用望远镜地毯式地搜索，也没有发现她被残害的痕迹。望着南方的天空，我用最美好的想象平复着不能给她送行的些许遗憾，祈祷她可以回到家人的怀抱。白鹤在中国文化中占一席之地，象征吉祥长寿，洁白体现白鹤纯真之雅，也代表着吉祥如意。我也只能借她吉祥的寓意祝福她的旅途可以平安吉祥。

白鹤走了，河谷的冬天又回到了寂寞，只有棕头鸦雀的叽喳像一阵风一般偶尔掠过灌木丛。傍晚的时候，长而上扬的一种哀婉的叫声飘荡在暮色的晚风中，渲染着这里的凄凉。那是纵纹腹小鸮的低吟。

纵纹腹小鸮是亚非大陆广泛分布的小型猫头鹰，也是河谷的永久性居民，他的体长只有 24 厘米左右。面盘和领翎不明显，也没有耳簇羽。上体为沙褐色或灰褐色，并散布有白色的斑点。

K81
公路界

他是猫头鹰家族中喜欢在白天活动的少数之一，总是停留在一些较为突出的土堆、树木顶端。睁着圆圆的大眼睛扫描着地面的每一处异动，一旦发现有鼠类、鞘翅目昆虫、蜥蜴、蛙等小型动物出现便快速追击捕食。在追捕猎物的时候，不仅同其他猛禽一样从空中袭击，而且还会利用两只善于奔跑的腿追击。他们的体色拟态效果及无声飞行的能力更为有利捕食过程。

在春夏交汇的7月，我曾经在一棵柳树的树洞中发现过他的巢穴。巢穴很深，当我趴在洞口的时候几乎无法观察到洞内的情况。我耐心地静止了许久，等到洞内传出微弱的动静时，借助手电的强光终于看到了三只全身具有黄白色的绒羽，头大、颈细的毛绒幼鸟。他们可能是被忽然出现的强光搞晕了，不知所措地紧紧拥在一起，双目紧闭，颤栗着，无所适从。

纵纹腹小鸮是袖珍的猫头鹰，比起猫头鹰家族中的巨无霸——雕鸮来说，纵纹腹小鸮简直就是一个小不点。每每在傍晚时分，他们喜欢围拢在一起嬉戏、打闹令人捧腹。

他们是欧洲人最熟悉的鸟之一。中国古代曾经视猫头鹰为不祥之鸟，但在西方，猫头鹰是智慧的象征。在希腊神话中，智慧女神雅典娜的象征就是一只小鸮，小鸮属的拉丁文属名“Athene”即来源于此。

棕头鸦雀，雌雄羽色相似。额、头顶至后颈有时直到上背均为红棕色或棕色，头顶羽色稍深。背、肩、腰和尾上覆羽棕褐色或橄榄褐色。他们是活泼而大胆的，对于我的近距离观察丝毫没有畏惧，他们在灌木或小树枝叶间攀缘跳跃，常会把自己倒挂在垂下的枝条上，做出一些高难度的杂技动作。或从一棵树飞向另一棵树，并且边飞边叫或边跳边叫，鸣声低沉而急速，较为嘈杂，其声似“dz-dz-dz-dzek…”。棕头鸦雀的歌声总是表达着忙忙碌碌的节奏，在河谷的整个冬季始终萦绕在我的耳际。正如他的行为一样，一刻不停地抒发着愉悦的情绪，洋溢着满足的快乐。

随着春天的到来，河谷迎来了一年之中最热闹的时候。最先到达的白琵鹭与针尾鸭的迁徙群体，随着冰面的消失，总是率先在水中泛起微澜，揉碎一河春水。虽然他们都只是路过，短暂的停留后会继续飞向更北的地方繁殖后代，但依旧会为河

谷增添春的气息、靓丽的色彩。

鸟类集群时是最难靠近的，我只是稍微略往前行。他们便群起而飞，有时甚至可以在我头顶盘旋而过，但决然不会让你在平面接近。群居的时候有太多警觉的眼睛，这也是鸟儿们寻求安全的一种方式。

河谷有人在抽水捞沙，用一台水泵将河水与沙一起抽上岸，然后任水四处漫溢，留下成堆的河沙。这样河谷里便有了一处不小的浅水滩，我与针尾鸭的亲密接触就得益于这处水滩。浅水中有被一起抽上来的淡水螺、软体动物和水生昆虫，我观察到在每天 5 点左右就会有一对针尾鸭离群来到这里觅食。我尝试着接近，离群的他们却没有像以往那样远远飞去，而是边打量着我边略微向相反的方向走动。我迂回前行，他竟然忽略了我的存在任由我在不足十米的地方相伴。夕阳的暖色调里，他暗褐色的头部和黑色的嘴闪动着亮色的光。翅上有铜绿色的翼镜，灰褐色的尾羽中，中间两枚尾羽特别延长，呈绒黑色，并有金属绿的闪光。我贪婪地打量着他在浅黄色的蒿草背景下悠闲地觅食，偶尔也会因冰面湿滑而滑稽地趔趄。走动时笨拙的挪动与飞行时的灵巧都那么迷人。我们都沉醉在这河谷的夕阳中，和谐地相互打量着对方。他那又小又圆的眼睛里不再有紧张和警惕，从一开始的好奇到最后的祥和，都鼓励着我为他留下美丽的身影。

白琵鹭是一种有着奇特嘴巴的鸟。黑色的嘴长直而上下扁平，前端为黄色，并且扩大形成铲状或匙状，很像一把琵琶，十分有趣。全身白色的羽毛，黑色的脚比较长，与黑色的嘴呼应凸显着绅士的风度。这个季节的天空鸟鸣极少，偶尔会有一些低沉的吟唱，那是唤醒大地的声音。摇动的树木含情脉脉，带着期盼的目光孕育着枝头的蓓蕾。附近河道里，传来一阵躁动。一群白琵鹭也开始了一天的捕捞。

他们觅食不是通过眼睛直接捕食可见食物，而是一边在水边浅水处行走，一边将嘴张开，伸入水中左右来回扫动，就像一把半圆形的镰刀从一边到另一边来回割草一样。嘴通常张开5厘米，嘴尖直接触到水底，当碰到猎物时，即可捉住。有时甚至将嘴放到一边，拖着嘴迅速奔跑觅食。

稍晚一些，他们在用过早餐后，喜欢在水边成一字形散开。长时间站立不动来消化，休息。偶尔也会排成稀疏的单行，成波浪式地斜列飞行。他们既能鼓翼飞翔，也能利用热气流进行滑翔，而且常常是鼓翼和滑翔结合进行，在一阵鼓翼飞翔之后接着是滑翔。飞行时两脚伸向后方，头颈向前伸直。他们掠飞过树木的顶端，几次盘旋后依旧会回到河水的边上。

随着他们在这里的停留，更多的鸭科类和鸻鹬类的鸟儿陆

续到来，有些适合捕食的河段甚至显得有些拥挤起来。黑耳鸢和普通鵟仿佛跟在他们身后一般。只是略微晚到一两天，便开始了猛禽特有的领地巡视。

黑耳鸢和普通鵟相比，更像河谷的过客。他紧随在迁徙的鸟群身后由南到北而来，虎视眈眈地紧盯着满河的猎物，在他们的上空盘旋着观察和寻找机会，一旦发现捕食机会，即迅速俯冲直下，扑向猎物，用利爪劫掠而去，飞至树上或岩石上啄食。

黑耳鸢是一种体型略大的猛禽，体长约65厘米，体羽深褐色，尾略显分叉。似黑鸢但耳羽有黑色为区分特征。他喜欢用飞行的方式巡视整个河谷，并且边飞边鸣，鸣声尖锐，似吹哨一样，很远即能听到。凡是他经过的地方总会引发一些躁动，胆小的会藏入岸边的灌木丛中，胆大一些的也会放低身子，侧着头颈紧紧盯着他的影子。随时准备着逃匿。只有他飞向远方，他们才会又开始放松鸣叫，仿佛在相互诉说着刚才的危险。同样，普通鵟的出现也会有这样的效应。河谷有了他们的存在，无疑增添了空中矫健的身姿但也显得危机重重。

普通鵟虽然没有黑耳鸢那样大的体形，但看起来却比他凶猛得多，像一个真正的猛禽。无论是停留在树木的顶端还是翱翔在天空都彰显出一份霸气。冷峻的眼神，弯曲而尖利的喙，锋利而有力的爪，无一不是王者的装备。他相对会更久地停留在河谷，甚至有时候会一年都不走。他们不仅会捕食小鸟，还喜欢河谷玉米地里那些肥硕的地鼠。

他是王者，骄傲地站在最高的地方。但是河谷里活跃的喜鹊却没有避而远之，反而会经常聚集在普通鵟的周围，不断地

骚扰着王者的尊严，当他终于无法忍受展现出利爪的时候。喜鹊依然会不屈不挠地继续围攻。鸦科类的喜鹊是很聪敏的鸟，是鸟类王国中的智者。他们懂得如何面对比自己强大得多的猛禽，懂得对方的弱点是娇贵的飞行羽，懂得运用集体作战的优势。每当普通鵟出现在河谷，他们中的任何一只发现都会迎头而上，同时发出嘎嘎的响亮叫声示警。几乎是眨眼的工夫，这些叫声便会聚集起来。他们从四面八方赶来。而这时的普通鵟早已没有了王者的气势，大多数情况都是飞着逃走。这时，在河谷的天空，你就可以看到一群喜鹊追逐着他的狼狈样子。

河谷仿佛是在一夜之间便被绿色占领，5 月的河谷到处是绿色的海洋。偶有一些不知名的红色、黄色或蓝色的小花点缀其间。微风吹过，空气中便蔓延着淡淡的花香。穗䳭来了，选择了河谷一处石块作为自己的领地。领雀嘴鹎来了，占据了河谷斜坡上茂密的灌木丛。黄尾鸲带着心爱的伴侣喜欢上了河道边摇曳的芦苇。鸳鸯却双双对对畅游在弯曲的河道中央。河谷开始了一年最热闹的时候。

这时的穗鵖是穿着漂亮的繁殖羽新衣的。原本沙褐色的身体，这时额及眉纹换上了白色的羽毛，眼先及脸变成了黑色，仿佛带着一副时尚的太阳镜一般。他有着一种领域感极强的个性，站在高高的石头顶端，机警而自信地点头和扑翼。偶尔会快而低地飞去，在花中、草尖捕食那些飞着的虫儿。无论是否成功都会落回原先站立的石块。

当夜色开始笼罩河谷的时候，他喜欢发出尖厉哨音“hee”般的鸣叫，在其他鸟儿都早早睡去的时候开始了他夜曲的吟唱。他唱得是那样的静，犹如天空和河流一般的幽静。这种歌唱在夜色中传出去很远，像风吹过树枝的啸鸣，又像一种丰满圆融、十分柔和的口哨。他的唱法没有过多的修饰，时而急促，时而缓慢，随着夜色弥漫到了整个河谷，听不出丝毫的矫揉造作，但可以听出满满的自信与高贵的傲气。于是，这里的夜便因为这样的歌声而显得更加的安静，更加让我不忍离去。在以后的好长一段时间，我走回到这里，只为今夜鸟鸣时的那种宁静。

在我拍摄穗鵖的时候，领雀嘴鹎就在我身后的枝桠间跳动。他们经常是以集体活动的形式出现。最有趣的是每只鸟占据一个略高的树枝，远远望去排列有序，画面十分饱满。他是一种绿色的鸟，只有头部有些灰黑。这样艳丽的色彩在山西是极少见的。第一次相遇时他那绿色的身影确实让我激动了许久。他们攀在枝头的时候大多会发出“pa-de，pa-de”的鸣声，婉转悦耳。领雀嘴鹎是我国特有鸟类，大多数活动在长江以南的区域。但近几年随着气候的变暖，山西也越来越多地听到他的鸣叫。

远处芦苇的上空突然掠过一道黄色的影子，我知道那是黄尾鳽在那里嬉戏。顺着有些泥泞的小路，我选择了一处有莲花的水面来仔细端详他们的表演。黄尾鳽有着一双非常巨大而有力的脚，喜欢在荷叶上漫步，有时站在宽大的荷叶下面，就仿佛一位打着阳伞的女子，翘首等待晚归的爱人。他宽大的脚趾可以分散身体的压力，使得他们在浮萍上如履平地一般。又喜欢攀爬在芦苇和蒲草等挺水植物的枝干上，表演他捕鱼的精彩。他先是用脚趾牢牢地固定好自己，然后像一位极有耐心的渔翁，静静地等候。有时为了出击的方便，他会分别用两只脚来抓紧

两支芦苇。这样的双杠功夫多少会显得有些滑稽。当鱼儿出现在其周边的时候，他便会十分迅捷地一头扎去，用长长的喙穿过鱼儿的身体。

这样的出击有着很高的成功率，几乎可以说是百发百中。有时我会被他在芦苇的枝干间攀援的行走吸引，像极了一位钢管舞者。看似不可能的动作却做得行云流水。他可以在纵横交错的枝条间，准确地判断哪些可以承受自己的重量，哪些需要分担自己的重量，穿梭于疏密有致的空间。

我一直静静地坐在那里观察，而他除了偶尔会看我一眼之外，大部分时间都陶醉在自我的行为艺术之中，有几次捕获到大些的鱼时，还会高举着似乎在向我炫耀一般。水面折射出阳光的斑驳，时不时会照射在黄尾鳽的身上，犹如舞台的追光，让我们可以更好地欣赏到这些杂技一般的舞蹈。

鸳鸯在不远处的水中游荡，依旧是成双成对。那里的水因为周边有高大的柳树，映射出了绿色。鸳鸯的游荡会激起阵阵的涟漪，成圆形慢慢扩散。

鸳鸯 4 月初回到河谷时并不立刻营巢，而是成群活动在林外河流与水塘中。随着天气逐渐变暖，鸳鸯才逐渐分散和成对进入营巢地。4 月下旬开始出现交配行为，一直持续到 5 月中旬。交配活动开始前雌雄双双游泳于水中，雄鸟频频向雌鸟曲颈点头，浸嘴于水中，同时竖直头部艳丽的冠羽，然后伸直颈部，

头不时地左右摆动，随后雌雄并肩徐徐游泳于水面，并不时将嘴浸入水中，游过一段时间后，雌鸟疾速向前，雄鸟紧跟其后，同时不断地翘起尾部，紧接着跃伏于雌鸟背上，用嘴衔着雌鸟的头羽进行交尾。

我们的古人因其见到的鸳鸯都是出双入对的，在水面上相亲相爱，悠闲自得，风韵迷人。他们时而跃入水中，引颈击水，追逐嬉戏，时而又爬上岸来，抖落身上的水珠，用橘红色的嘴精心地梳理着华丽的羽毛。所以从名字开始便把他们看作爱情的化身。以鸳鸯比喻男女之间的爱情经常出现在古代神话传说和文学作品中。

其实我们科学观察到的真实情况并非如此，鸳鸯的雄鸟在繁殖期会与若干只雌鸟交配。交配之后便悄然离去，把培育幼鸟的繁重任务留给了雌鸟。千

古传诵生死相恋的故事都是人类根据表面现象结合自己的情感需求而创造的一场误会。

鸳鸯的雌鸟会把巢建于紧靠水边老龄树的天然树洞中，她是一位任劳任怨的合格妈妈，恋巢甚为强烈，在孵卵期间除偶尔几次必需的外出觅食外，一般不离巢，特别是在孵卵的最后一两天几乎根本不离巢。雌鸟还会从自己身上拔下绒羽来为幼鸟营造舒适的温床，直到雏鸟出巢。雏鸟的出巢是非常温馨的，刚刚出壳的第二天妈妈便开始站在洞口鼓励孩子们勇敢地跳下。因为他们的巢离地面多有 8 至 10 米的高度，而雏鸟又无法借助翅膀的力量，多少总是有些胆怯。这时的妈妈先在洞中“嗤啊，嗤啊”地鸣叫，鸣声急而细，一直持续一小时之久。她会一次又一次地耐心演示，然后站在树下发出鼓励的低吟，等候着雏鸟迈出人生的第一次跳跃。洞中的雏鸟亦跟着 “叽叽”地鸣叫，并利用锐利的爪慢慢爬到洞口。就这样，那些雏鸟在妈妈的鼓励甚至是食物的诱惑下，勇敢地从高高的树洞中跳下来，他们会尽可能地跳入水中，有时也会跳入树下的落叶中。我观察到他们跳下的地方有着厚厚的树叶，但我没有看到是否是妈妈提前准备的。雏鸟从空中翻滚着落在树叶上，会被树叶又弹回到空中，那毛绒绒的小球就这样不断地弹起落下，落下弹起。直到雏鸟全部安全落地，妈妈才会挪动着疲惫的身躯带着孩子们进入河里。

随着秋风再起，大多数的鸟儿又开始南迁。河谷随着初雪的覆盖，又恢复了幽静。而在一处较狭窄的地方，那里有山崖峭立，河水从山脚绕行而过。我偶尔会听到一些时有时无的鸣叫传来，那是一连串多变而重复的“ti-tiu-tree”音节，像风中的管笛。我断定它的主人一定是一种我尚不知晓的鸟。随着我的走近，歌声却飘到了很高的崖顶。

循声而觅，我惊喜地看到他不停地在崖壁上旋动、飞舞，显得格外耀眼动人。红色的双翼在灰色的岩石间舞着初冬的温暖，宛如“悬崖上的蝴蝶鸟”。他尾短而嘴长，翼具醒目的绯红色斑纹。飞羽黑色，外侧尾羽羽端白色显著。

红翅旋壁雀会靠着双翅在几乎垂直的崖壁上攀爬，觅食那些崖壁缝隙中的昆虫。而这样的觅食行为因为他的演绎，便演变成了峭壁上的舞蹈。他总是不停地舞动，拍摄便需要极快的速度来定格。双翅全部张开的瞬间是他最具魅力的时候。第一天的拍摄因为企图追求高质量的格式而无法准确地捕捉到最舒展的身姿。第二天我调整了设备，终于收获了他在崖壁之间绝美的绽放。

大自然的每一种存在都一定有着其最美的一面，我们必须依赖细致的观察去得到这个答案。然后在最佳的时刻、最佳的角度，用最合理的方式完成其最美的描述。我想，这无疑是摄影师最开心的时刻。

当我迎着初升的太阳再次寻觅河谷，那是为了一只心仪已久的大鸟。三年来，我屡次在他越冬的另一处河谷艰难地拍摄，但由于他的机警，我实在无法靠近到理想的距离。我曾在寒夜的清晨早早潜伏在他昨日活动的地方，但河谷那么大，他总会出现在另一处骄傲地看着我的懊恼。我也曾匍匐在收割过后的玉米地中，忍受着那坚硬的玉米秆划伤身体的痛苦。距离在我的汗水中缩短，但总是差那么几米。他们就会讥笑着我的幼稚行为飞向河谷的另一端。

这就是神秘的大鸨，我们可以先从大鸨的名字说起。鸨名来自这样一个传说：古时有一种鸟，他们成群生活在一起，每群的数量总是七十只，形成一个小家族，于是人们就把他的集群个数联系在一起，在鸟字左边加上一个“七十”字样，就构成了“鸨”。

大鸨数量极剧减少，因此可以看到的机会并不多。又因为他的机警、善奔走、不鸣叫，很难靠近，更多的时候我只能搜索其可能存在的河谷。而这次的机会无疑是难得。这里

有因伤痛而掉队的两只大鸨，从身姿大小上看他们显然是雌雄各异。虽说相隔不远，却分隔在河道的两岸。利用汽车的掩护，我尝试着迂回靠近雄鸟。他一直在盯着我，随着距离的缩短，开始头下低、背弓起，尾羽向上展开呈扇状，双翅半张开，嘴里发出“哈哈”的喘气声，恐吓并警告我的靠近。我只是反应稍微迟缓了一下，随着车体向前的瞬间他便飞向了远方，接下来的一天都再没寻到踪影。而对对岸雌鸟的接近更为难堪，还没有进入到预期的警觉距离她便失去了踪影。

第二天的清晨，我再次来到河谷。迎接我的只有脚趾受伤的雄鸟，而雌鸟在随后的整个冬季都再也没有见到。一个季节的陪伴，凭着足够的耐心我最终获得了他的信任与宽容。看他在河谷悠然散步觅食，觅食的时候头后部向上抬起，嘴尖向下，两眼注视地面，不时地转动头部，观察地面的昆虫、其他小动物和植物种子等。他吃草时常常先用嘴将草咬住，颈向后缩，

再用力抬头，将草拔断，然后吞下。看他无数次地助跑起飞，由于体重较大，平常起飞时需要在地上小跑几步，助跑时头部抬起，嘴向前伸直，颈稍弓向前上方倾斜，双翅展开，重心前倾，双脚有节奏地向前大步跨出，随着助跑速度的加快，其扇动双翅的频率也加快，直至双脚离开地面飞起。但在紧急情况时可以直接飞起。飞行时颈、腿伸直，两翅平展，两腿向后伸直于尾羽的下面，翅膀扇动缓慢而有力。看他在河边悄然饮水，饮水时身体微蹲或用跗跖跪于地面，头部低下，将嘴插入水中，微微张开，然后将头抬起，嘴尖向斜上方，大约呈 45° 角，同时咽部快速运动，将水咽下，整个过程就像用匙从水中取水一样。

8

优雅的天鹅

大天鹅的家在遥远的西伯利亚，在秋风荡涤了一切绿色的时候便来到了黄河滩地。这里是河道流出晋陕大峡谷后开始泛滥的地方，黄河出龙门，转折向东，没有了两岸山峦的节制，黄河水便信马由缰，肆意流淌着，从而有了多处黄河湿地。在山西和河南相交的流域，是许多鸟类冬季暂时的家园。其中，天鹅，这种圣洁的天使便将这里点缀成了美丽的天鹅湖。成千上万只天鹅在辽阔荡漾的河面上，有的在休息，有的在交颈摩挲，含情脉脉，有的以嘴理羽，悠闲自得，更有的头扎在水中觅食，似“水中芭蕾”。一大群天鹅舒展着翅膀在湛蓝的天空中飞行，迎风急速俯冲到河面上。尤其是那些引吭高歌的天鹅，有的在呼唤“朋友”，有的在独抒情怀，有时十几只天鹅一起鸣叫飞舞，那雄壮的“天鹅奏鸣曲”在湖面上久久回荡，令人心动神摇，赞叹不已……

满溢出河床的水蔓延成了鸟儿的天堂。山西平陆，河水因山势的转弯给了鸟儿躲避西北风的温和小气候。当天鹅降落的时候，整个河道便成了天使的海洋。河床的边上，一些灵动的影子留下了串串脚印延伸向远方，环颈鸻和铁嘴沙鸻仿佛永远在较量着谁更可以在泥潭中快速奔跑。河道边的麦田里，赤麻鸭带着孩子们一起享受着冬日的暖阳。稍矮一些的杂木丛中，总有一些歌声在唱着欢快的曲子，那是红头长尾山雀和三道眉草鹀的歌声。忽然，土堆上高亢而有些粗狂的啼鸣会吸引所有的目光。那一定是环颈雉在炫耀自己的美丽。再高一些的树上稀疏有致的枝条间总会有珠颈斑鸠在那里唱着忧郁的歌。而在最高的树梢上，一定会是楔尾伯劳和红尾伯劳孤独地站立。河

湾在落日余晖下，喂养着所有的生命。这时远处的崖壁间经常会传来雕鸮的低吟，仿佛一位长者在叹息着冬天的故事。

每年我总会关注季风的变化，等待着她们的来临。从我的居住地驱车前去要有近五个小时的车程，而我却总是乐此不疲地前往，来赴这一年一度的相约。这里可以说是天鹅的第二故乡，每年随着冬季的来临如洁白的雪花飘落在这里。整整一个冬天，因为有了这些天使，母亲河焕发了青春，黄土地增添了浪漫。我们应该感谢这些天使，由于她们的来临，黄河便不再寂寞。

她从天际而来，所以我们称之为天鹅。她从远方而来，带着未知世界的神秘。正如那些圣洁的光环总是让我们陶醉其间。她

从草原而来，带着生命的色彩，正如大河的初冬依旧留下绚烂之景接纳她的投入。她从秋天而来，带着秋韵的温暖，点缀着我们的冬季，丰富着我们的世界。

今年我选择了一处深秋景色较为浓烈的湿地来欣赏他们的美丽，似“ho-ho-”或“hour-”的喇叭声早早传入我的耳中。这里有一些白杨树林浸在水中。黄色的叶子挂满了枝头，而树林的中间有一处幽静的水面。恰巧又没有明显的开放口出入，天鹅们选择了这里的幽静与安全。每次出入就会盘旋着在黄色的背景中，这样的画面极易表达天鹅优雅高贵、从容的气度。我把机位放在旁边的一处土塬高处，那里可以俯视天鹅在秋色中作画。我特意以追随的摄影手法，移动镜头来同步她的飞行。背景的那些树会在这样的拍摄中拉成油画布的效果，而天鹅无疑是画中的焦点，清晰而灵动在初冬的绚丽中。北方的初冬是萧条的，大部分色彩会褪去，但这一处却是美丽的。因为这里有黄河的孕育，珍藏着一处晚秋的炫丽等待天使的降临。他们或出双入对，或孤单影只。或一家其乐融融，或三五好友相聚。于是在天地之间便有了这方寸画意。天鹅那洁白的羽毛沾湿湖水的那一刻，荡开层层涟漪，就像一枚枚浸湿的音符，跃入我的心灵深处驻足。

旁边的树上，和我一样痴迷观看的是珠颈斑鸠。他静静地

停留在杂乱有序的树枝间，不再发出幽暗的咕咕歌声。而他自己并不知道此时此刻他也会进入我的镜头，与那些错落有致的树影构成了一幅静美的画面。珠颈斑鸠是一种在北方常见的鸟，灰色的外衣显得朴素而洁净。

忽然一阵尖利的叫声打断了我的欣赏，粗哑的“ga-ga-ga”声似乎在发泄着极强的不满。我循声而去，只见一只带着黑色眼罩的楔尾伯劳在树梢的枝条上向着空中的燕隼咒骂着。那燕隼好像是想落下来加入天鹅舞的观赏。但生性凶猛的楔尾伯劳却很不愿意他出现。当燕隼试图靠近的时候他居然会迎头而上，阻击着燕隼的靠近，尖叫着并鼓起羽毛来凸显自己的强大。他丝毫不畏惧比他大出很多的猛禽的威武，凭借着无畏的气势捍卫着自己的领空。燕隼在这样的气势面前也只能怏怏地飞去别的地方。其实，这是伯劳属鸟类领地意识的具象表现。他排斥在同一个区域有着食性相同的鸟类来参与猎取食物的竞争。

楔尾伯劳，是一种凶猛、强势的鸟。他们虽然不属于猛禽的范畴，但嘴强劲有力，有点像鹰嘴，上嘴前端有钩和缺刻。以昆虫、蛙类、蜥蜴、小型鸟类和鼠类等为食。捕食时，常立于枝顶等高处，等待机会，捕食成功后会返回树枝，常常将猎物挂在带刺的树上，将其杀死并撕碎后食用，有时候也不全部吃完，

而是通过这种方式储存食物，因此有人也称其为“屠夫鸟”。

再晚些的时候，随着大天鹅迁徙大部队的到来，我来到了一个叫做三湾的村庄。这里因为有一处固定的投食地点，很多相对弱势的天鹅群体喜欢觅食人们的投喂来满足冬日的能量补充。我喜欢在清晨或落日的时候来到这里，因为这个时候游人很少，我可以近距离地细致欣赏。

天鹅形态优雅，妍美如水上盛开的莲花。她的颈子高高地扬起，饱满的胸脯挺挺的。她在水中静静地前行，如果不是身后那划开的水纹，你甚至不以为她在破浪向前，宽广的腹部掩饰了那如桨一般双脚的努力。即使是快速航行时也保持了足够的温婉。这与她在冰面上、麦田里略显憨态的脚步形成了鲜明对比，也正好说明了天鹅为水而生的天性。无论是憨态的蹒跚，还是水中的优雅，凡是她所到之处，皆成风景。

天鹅配得上我们如此钟爱，大自然赋予她这样多的高贵，使我们意识到创造物竟能达到如此完美的程度。俊秀的身段，

圆润的形貌，优美的线条，皎洁的白色，婉转的、传神的动作，忽而兴致勃发，忽而悠然忘形的姿态，总之，天鹅身上的一切都散发着优雅与美丽。

随着午后太阳高挂，河滩也慢慢地融化，河水随风拍打着滩地的寂寞。铁嘴沙鸻和环颈鸻是这里的弄潮儿，他们急急地在河滩上奔跑着，忙碌着赶着潮水退去时觅食那些小虾、昆虫、淡水螺类等。这两种鸟是属于一个科属的近亲，有着相同的灰褐色外衣，有着黑黑的嘴，都喜欢在水边沙滩或泥泞地上边跑边觅食，特别喜欢在地上奔跑，且奔跑迅速，常常跑跑停停，行动极为谨慎小心。他们经常亲密地聚在一起，混群而居。区分的标志在于环颈鸻后颈有一条白色领圈，当他停下来的时候总喜欢站在较高的泥堆顶端，昂着骄傲的头，挺拔着回眸远方。而铁嘴沙鸻在整个河滩上的数量是极少的，眼前的群体中我只是看到了一只在追着邻居们奔走。觅食时我无法看出他的孤独，只有在休息的时候，其他鸻鹬类的鸟儿们和家人依偎在一起的亲密就会凸显出他的孤单。这也像极了我的生活。

河中的天鹅这时已经笼罩在暖色的夕阳中，她们悠然地用粉红色的脚掌划着湖水向前游，湖面上荡起一圈圈粼粼的波纹，散落了水中太阳的影子。那暖暖的红色便随着涟漪染红了整个河面。不远的前方，一对雪白的天鹅，像两朵硕大的白莲浮在水面上，拥抱着亲昵。偶尔也会伸长了颈子，望望夕阳的余晖。演绎着最浪漫的故事。

在这里与天使相伴的每个清晨，我都是在天鹅昂扬啼鸣的晨曲中醒来。但今天在他们的歌声中夹杂了另一种高亢的鸣叫。

我看见环颈雉高昂着鲜红的头，舞动着双翅，向着太阳将要升起的地方极力地呼唤。他的身体披金挂彩，满身点缀着发光的羽毛，在朝霞的映射下绽放如一位闪着金色光芒的勇士。

环颈雉是我们经常可以见到的野鸡，颈部下方有一圈显著白色环纹，因而得名。他是河滩的土著居民，全年都生活在这里，出没于杂草与灌木丛中。雉鸡脚强健，善于奔跑，特别是在灌木丛中奔走极快，也善于藏匿。

环颈雉是一种较为常见的鸟，但是每次看到他都是在地上疾速奔跑，然后很快进入附近丛林或灌木丛，偶尔也会奔跑一阵后停下来看看。在迫不得已时才起飞，边飞边发出“咯咯咯”的叫声和两翅“扑扑扑……”的鼓动声。他飞行速度较快，也很有力，但一般飞行不持久，飞行距离不远，常成抛物线式的飞行，落地前滑翔。飞行时全部的羽毛都会舒展，在空中展示着华丽的羽衣，这时是他最美的瞬间。

环颈雉繁殖期间雄鸟常发出“咯－咯咯咯”的鸣叫，特别是清晨最为频繁。叫声清脆响亮，500米外都可以听见。每次鸣叫后，总要扇动几下翅膀。宣告着自己占据了一定领域，这时如有别的雄雉侵入，就会发生激烈的殴斗，直到将入侵者赶走为止。他们是一雄多雌制，发情时雄鸟环绕在雌鸟旁，边走

边叫，跳着求偶的仪式。那是一种传统的舞动。当接近雌鸟头侧时，则将靠近雌鸟一侧的翅下垂，另一侧向上伸，尾羽竖直，头部冠羽竖起，为典型的侧面型炫耀。雌鸟便会迷醉在这美丽色彩中，完成春天的故事。

环颈雉的爱情故事只发生在春风的沐浴中，而大天鹅的爱情故事却无时无刻不在上演。大天鹅保持着一种稀有的“终身伴侣制”，他们一旦结为夫妻便从不越轨。无论是在这里越冬，还是在遥远的旅途，又或是在北方的家乡，都是成双成对，比翼齐飞，无时无刻不在用恩爱诠释着爱的真意。 雌天鹅在产卵时，雄天鹅在旁边守卫着，遇到敌害时，他拍打翅膀上前迎敌，勇敢地与对方搏斗·他们不仅在繁殖期彼此互相帮助，平时也是形影相随，心心相印。如果一只遭受意外死亡，另一只也一定为之终生单独生活。

随着太阳的升高，这里的游客开始多了起来。大部分的天

鹅也完成了早餐，排列着整齐的队伍开始向远方游去。我仔细观察着他们的去向。他们多是以家庭为单位排列，一般以四到五只为一单元。当游出嘈杂的大部队以后，就会选择逆风的方向行进。领头的爸爸开始频繁点头并回顾的时候，整个队伍就会同时开始呼应着点头。当点头的频率加速到一定的时候，就会看到他们踏浪而跑，脚掌拍打着水面，带起闪耀着阳光的水珠。然后便一飞冲天，盘旋着飞行在宁静的河湾。我用镜头追随着，将他们飞过黄土高坡的身影定格。慢门将褐色的树、黄色的土调和成一种黛色的画布，突显着白色的天使优雅的身姿。

我移步走向岸边不远处的树林，那里的鸟鸣是一种传达着兴奋的歌声，那是红头长尾山雀和三道眉草鹀的二重唱。红头长尾山雀灵巧地在树枝间穿梭跳跃着，他们有十几只聚在一起。尖细的"吱吱吱"声像一个小的重唱乐队。节奏或快或慢，但都是那么愉悦。他们是中国最小的鸟儿，从头到尾全部不到 10 厘米。大自然在他娇小的身躯用了丰富多彩的颜色，精细的工笔手法一丝不苟勾绘出一个活生生的小精灵：小巧细尖的黑嘴，棕红蓬松的头冠，银白色的领环下悬着一枚半月的和田墨玉，橘黄色针杆细的腿和爪，黑亮的瞳仁用金色的线勾了边……他简直就是微型艺术品。他身形的小巧和铺张的红羽使得人们给了他

“红豆宝儿”“红头小老虎”的绰号。

就在红头长尾山雀活跃的树下，三道眉草鹀在浓厚的杂草、稀疏的小柞树上、岩石上，或空旷而无掩蔽的地面，唱着“je-ji-ji”的歌声，尤其是雄鸟的歌声是那么美妙动听。我的到来，让他们变得安静下来，从各处隐秘的缝隙间窥视着我的举动。我开始放缓自己的动作，静静地坐在一块石头上。只是几分钟以后，他们便一只又一只地开始了歌唱，瞬间汇聚成了“大合唱”的规模。

他是一种棕色鹀。有着醒目的黑白色头部图纹和栗色的胸带，以及白色的眉纹。整体的色彩在嬉戏的环境中显得非常的和谐，一时很难在画面中将他们与清晰的背景剥离开来。但一场雪会让他们突显在画面的方寸之间。他们在有雪的时候，就会聚集很多的同伴一起活动。我走入他们中间，等候镜头给他们留下雪中的俏丽。

忽然，树上树下都变得安静下来。在树枝的最顶端落下了一只红尾伯劳，他高高站在那里举目张望四周，发出粗砺响亮的鸣叫，并不时仰首翘尾，激昂有力。无论是叫声还是身姿都显示出了一种骄傲与霸气。红头长尾山雀与三道眉草鹀都集体失声，并开始隐匿性的撤离。虽然红尾伯劳不像猛禽那样对他们有着必然的攻击，但面对红尾伯劳嗜吃小型兽类、鸟类、蜥

蝎等的习性，以及他在捕获食物后凶残的杀掠手段。他们大都会悄然远离鸟类中的这只杀手。

红尾伯劳上体棕褐或灰褐色，两翅黑褐色，有着白色眉纹和较粗的黑色贯眼纹，仿佛一位戴着黑色墨镜的杀手，冷酷严峻。他尾部的覆羽呈红棕色，喜欢在平原、丘陵至低山区，经常在枝头跳跃，飞上飞下。更多的时候他高高地站立在小树顶端待有猎物出现时，突然飞去捕猎，然后再飞回原来的栖木上。闲暇时边鸣边唱，但会突然飞向树顶上空，快速地扇动翅膀原地飞翔一阵后又落入枝头继续鸣唱，看到我的注视也多会镇定地回望。有时也会从容地飞到另一棵稍远的树枝，继续他的狩猎。

他有着大而强劲的嘴形，并且和鹰嘴一样有着弯钩。他很快就捕获了一只小老鼠，然后用长有利钩的脚趾把老鼠串在一支长满了刺的枝条上。鲜血瞬间便染红了那树枝，而红尾伯劳慢慢地站在那里将老鼠一点一点撕碎而食。这样的残食场面的确会令看到的鸟儿胆战心惊，无论是强弱都会选择远远地避开。

自然界的弱肉强食是无法规避的法则，当红尾伯劳在残忍进食的时候，大天鹅依旧用美丽渲染着河湾的绚丽。又是一个清晨，我依旧早早来到岸边，等候着天鹅的到来。东方渐渐露出了绚丽的色彩，这样的等待伴随着我与天使相约的每一个日子。虽然都已熟识，但依旧如初见那般充满紧张的期待。今天我却发现了天鹅的另一个邻居，他用那特有的低吟召唤着我的关注。这里是一处黄土山崖，山崖的高处有着天然的洞穴。觅食归来的雕鸮就站在洞穴的附近观察着东方的绚丽变化。

雕鸮是一种夜行猛禽，有着坚强而呈钩形的喙，因为特有的无声飞行技巧，显得有些神秘。白天多躲藏在密林中或崖壁的洞穴中休息，缩颈闭目，一动不动。但他的听觉甚为敏锐，稍有声响，立即伸颈睁眼，转动身体，观察四周动静，如发现人就会立即飞走。听觉和视觉在夜间异常敏锐，夜间常发出“狠、呼，狠、呼”的叫声互相联络。

我惊喜着他的出现，尝试着借助树木的遮挡而靠近。我知道他对于我的警惕，边观察边寻找一些可以藏身的土坎或树木以每次一到三米的距离缓慢靠近。借助和耐心我终于可以用裸眼清晰地看到他簇长的耳羽，大大的橘黄色的眼睛。他的面盘显著，为淡棕黄色，杂以褐色的细斑。眼的上方有一个大型黑斑。我耐心等待着他对于我藏身的地方不再那么关注，缓慢地把相

机移到没有遮挡的地方企图开始拍摄。我知道在这样近的距离出现，他留给我的拍摄时间是有限的。我趴伏在土坎下调试好了设备，当快门开始驱动的时候，他一定受到了惊吓。雕鸮耸起双肩，将双翅半开于体侧，并调转身体正对着我的方向，这样的动作使得半开的双翅乍看起来就像是其头部的一部分，这颗硕大的“脑袋”非常吓人，同时他还用力击打上下喙，发出清脆的“咔吧咔吧”声，警告着我的不速而来。我明白这种行为是雕鸮在下最后通牒。遇到这种状态的雕鸮，切记绝对不能进一步惊扰，否则有可能会遭到他的攻击。我站起身来准备离开，而就在同一瞬间。雕鸮也展翅飞向了另一个方向。

随着立春，大地开始复苏，大天鹅开始了北上回家前的飞行练习。河道和周围的天空几乎都是他们在盘旋。看着他们忙碌地起飞，降落，再起飞。我知道这一季的相约又开始了别离的愁绪，无奈收拾起装备准备着离开。留恋的脚步走走停停，一再回首。天色悄悄染上了离别的色彩，我的心永远留在了这里。